여행은 언제나
용기의 문제

여행은 언제나 용기의 문제

초판 1쇄 발행 2018년 6월 15일

지은이 이준명
발행인 김형보
편 집 최윤경, 박민지, 강태영, 이환희
마케팅 이연실, 김사룡

발행처 도서출판 어크로스
출판신고 2010년 8월 30일 제 313 - 2010 - 290호

주소 서울시 마포구 월드컵로 14길 29 영화빌딩 2층
전화 070-5080-0459(편집) 070-8724-5877(영업)
팩스 02-6085-7676
e-mail across@acrossbook.com

ⓒ 이준명 2018

ISBN 979-11-6056-050-3 03810

만든 사람들

편집 이환희
교정교열 김진희
디자인 소요 이경란
표지 일러스트 김보통

여행은 언제나
용기의 문제

소심한 여행가의 그럼에도 여행 예찬

이준명 지음

어크로스

차례

저도 여행은 두렵습니다만

어느 날 심심풀이로 신문을 뒤적이다가 눈이 번쩍 떠졌다. 파란 하늘을 배경으로 거대한 궁전이 솟아 있었다. 티베트 라싸에 있는 포탈라궁에 대한 기사였다. 사진도 강렬했지만 내용이 정말 흥미로웠다. 세계 7대 불가사의 건축물이라는 이 궁전에는 엄청난 비밀이 숨겨져 있단다. 먼 옛날 지구가 반대로 자전하던 시절에 살던 인간의 미라가 궁전 지하에 보관되어 있다는 것. 하지만 지하로 들어가는 비밀의 문은 국왕을 비롯한 극소수의 사람만이 알고 있단다.

지금이야 뜬소문이라며 웃어넘길 테지만, 당시 나는 호기심 왕성한 소년이었다. 당장이라도 궁전으로 달려가 999개나 된다는 방을 전부 뒤져보고 싶었다. 어디 붙었는지도 모를 티베트에 가보고 싶어 가슴이 뜨거워졌다. 신문 기사를 가위로 조심스레 오려 아끼던 책 속에 끼워 넣었다. 이때 스크랩한 기사는 수십 년의 세월이 지나서도 내 보물 상자 속에 곱게 모셔져 있다. 소년의 가슴에 여행의 씨앗을 심은 사건이었다고 할까?

그렇다고 당장 여행을 떠날 수 있는 건 아니었다. 도리어 나는 여행을 모른 채 어린 시절을 보냈다. 부모님이 집 나서길 싫어해 변변한 국내여행조차 못 해보았다. 게다가 나의 성장기는 하품이 날 만큼 평범했다. 내가 부모님 말씀 잘 듣는 따분한 모범생이었기 때문이다. 말썽이라고 해봐야 방과 후 만화방에서 놀다 어머니에게 들켜 끌려온 정도랄까? 그렇다 보니 대학에 갈 때도 부모님 뜻에 따라 경제학과에 지원했다. 취직이 잘되는 학과라는 이유가 다였다. 불행인지 다행인지 시험에 떨어지는 바람에 다시 한 번 진로 선택의 기회를 얻었다. 하지만 입시철이 다가오자 똑같은 상황이 재현되었다. 나는 밤늦게까지 모의고사 성적표를 놓고 경영학과냐 법학과냐를 고민하시던 부모님께 말씀드렸다. 일어일문학과를 가겠다고. 고분고분했던 자식의 돌출 발언에 놀라셨던 걸까? 부모님은 두말하지 않고 내 의사를 존중해주셨다. 내 인생 처음으로 부모의 기대를 거스르고 내 손으로 갈 길을 정한 날이었다.

내 첫 해외여행은 대학생 때였다. 군대 제대 후 복학할 시기를 놓쳐 10개월이 남아버렸다. 뭘 할까 고민하다 영국으로 어학연수를 떠났다. 사실 영어 공부보다는 유럽 배낭여행이 욕심났다. 작은 배낭을 메고 두 달 동안 17개국을 돌았다. 아무리 걸어도 피곤하지 않았고, 아무리 봐도 질리지 않았다. 어릴 때 심어진 여행의 씨앗이 봄을 맞아 폭죽처럼 터져 나왔다고 할까? 눈앞에 찬란하게 빛나는 신세계가 펼쳐져 있었다. 이국적인 문화의 향기가 내 가슴을 채웠다. 다른 말을 쓰는 외국인과의 대화가 즐거웠다. 그렇게 나는 여행과 사랑에 빠져버렸다. 내친김에 여행을 연장하고 싶었지만 갑자기 환율이 두 배로 뛰었다. 한국에 연락해보니 나라가 망했단다. IMF 외환 위기가 터진 것이었다. 하는 수 없이 여행을 중단하고 한국으로 돌아왔다. 가슴에 구멍이 뻥 뚫린 채로.

어릴 때 나는 숫기 없고 허약한 아이였다. 밖에 나가 놀 줄을 몰라서 집 안에서 시간을 보내기 일쑤였다. 이럴 때 친구가 되어준 것이 바로 책이었다. 아버지가 독서를 즐겨서 서재에 책이 가득했다. 생일이면 으레 책 선물을 받는 것이 관례이기도 했다. 그러다 보니 당연히 글쓰기에 관심을 갖게 되어 밤늦게까지 시나 소설을 습작했다. 이른바 감수성 예민한 문학 소년이었단 말씀. 그때 쓴 걸 지금 읽어보면 민망해서 몸이 배배 꼬일 지경이지만. 재수할 때 일어일문학과를 선택한 것도 아마 책을 좋아했기 때문일 것이다. 그런데 대학을 졸업할 때 문과 적성을 따져가며 일자리를 구할 상황이 아니었다. IMF 외환 위기의 여파로 취업이 하늘의 별 따기였다. 그래도 딱 한 가지만은 포기할 수 없었다. 무엇이든 해외를 드나드는 일을 하고 싶었다. 유럽 배낭여행으로 맛본 여행의 매력을 잊을 수 없었기에.

운 좋게 졸업도 하기 전에 출판사에서 해외 업무 일자리를 얻었다. 내가 좋아하는 책과 여행 두 마리 토끼를 다 잡은 횡재였다. 1년에 한두 번씩 직원들을 데리고 일본과 유럽으로 출장을 다녔다. 외국 출판사와 메일이나 전화를 주고받으며 일하는 것도 재미있었다. 처음 몇 년은 적성에 잘 맞는 일이라며 즐거워했다. 그런데 갈수록 출장이 괴로워졌다. 모든 출장 준비와 잡일을 내게 맡기는 사람들, 물 한 잔 시킬 때도 내 입만 쳐다보는 사람들……. 패키지 관광객을 따라다니며 뒤치다꺼리를 하는 가이드나 마찬가지였다. 더구나 출장이니 여행지를 마음대로 고를 수 있는 것도 아니었다. 매년 똑같은 장소에 똑같은 일정으로 가는 여행. 오랜 시행착오 끝에 깨달았다. 출장은 출장일 뿐 여행일 수 없다는 걸. 나만의 여행을 찾고 싶다는 갈증이 갈수록 깊어졌다.

그렇게 8년쯤 출판사를 다니던 중 부서가 바뀌어 편집 업무를 맡게 되었다. 이제는 작가를 만나고 원고를 고치는 게 일이었다. 남의 글을 만지다 보니 잠자던 문학 소년의 꿈이 되살아났다. 가슴 깊은 곳에서 목소리가 들려왔다. 내 글을 쓰고 싶다는. 글을 통해 누군가와 교감하고 싶다는. 하지만 고민스러웠다. 멀쩡한 직장을 그만둔다고? 글을 쓰며 먹고살 수 있을까? 미래에 대한 불안과 글쓰기에 대한 열망 사이에서 내 속은 타들어 갔다. 누군가 내 몸에 올라타고 짓누르는 것처럼 가슴이 답답했다. 몇 주 동안 증상이 지속되어 병원에 갔더니 위에 구멍이 나기 직전이란다. 심한 스트레스성 위궤양이었다. 그제야 깨달았다. 더 이상 꿈을 억누르면 안 된다는 걸. 출판사에 사표를 내고 멕시코로 떠나 2년 동안 세상을 떠돌았다. 그리고 긴 여행에서 돌아왔을 때 나는 작가가 되기로 결심했다.

여행은 내 삶의 인도자였다. 소년 시절 우연히 본 신문 기사가 여행의 씨앗을 심은 이래 인생의 중요한 순간마다 전환점이 되어주었다. 처음으로 여행의 매력을 맛본 유럽 배낭여행이 아니었다면 해외 업무를 맡지 않았을 테다. 출판사에 다니며 출장에 신물이 나지 않았다면 나만의 여행을 찾으려 하지 않았을 테다. 한국을 떠나 더 넓은 세상을 둘러보지 않았다면 감히 작가의 길을 선택하지 못했을 테다. 문득 돌아보니 나는 여행이 이끄는 대로 살고 있었다. 이 책에는 내 삶을 만들어온 16가지 여행 이야기가 실려 있다. 평범한 직장인을 작가로 변신시킨 여행의 마법인 셈이랄까?

오래전 일인데도 유럽 배낭여행을 시작한 첫날을 똑

똑히 기억한다. 밤늦게 도버 해협을 건너 프랑스로 가는 배에 올랐다. 혼자서 외국을 여행하는 건 그때가 처음이었다. 과연 내가 해낼 수 있을까? 마음이 어두운 밤바다처럼 쉴 새 없이 출렁댔다. 동도 트지 않은 새벽녘에 배가 항구에 닿았다. 어디로 가야 할지 갈피를 잡을 수 없어 사람들 뒤를 따라갔다. 다행히 기차역을 발견해 파리로 가는 열차에 올랐다. 잠깐 졸다 눈을 뜨니 텅 빈 객차 안에 혼자 앉아 있었다. 그때 처음 알았다. 기차가 뒤쪽 객차를 남겨두고 가버리기도 한다는 걸. 여행 첫날부터 벌어진 해프닝은 앞으로의 파란을 예고하는 것 같았다. 다행히 별 탈 없이 여행을 마쳤지만, 그날의 암담했던 기분을 잊을 수 없다. 아니, 지금도 여행을 떠날 때마다 매번 똑같은 감정을 느낀다. 미지의 세계에 대한 막연한 두려움을.

역사상 지금처럼 여행이 대중화된 시대는 없었다. 비행기 등 교통편의 발달로 '여행의 시대'가 도래했지만 여전히 여행을 주저하는 사람이 많다. 여행지에서 벌어질 일들에 불안을 느끼기 때문이다. 밤늦게 외국 공항에 내렸다고 상상해보자. 대중교통이 끊겨 택시를 타고 숙소까지 가야 한다. 낯선 도시에서 깜깜한 밤길을, 그것도 혼자 간다니 무서울 수밖에 없다. 인터넷에 떠도는 사건 사고에 대한 소문도 불안을 몇 배로 증폭시킨다. 도둑에게 지갑을 털리고, 강도에게 배낭을 빼앗기고, 현지인에게 사기를 당하고, 풍토병에 걸려 쓰러지는 등 소재는 무궁무진하다. 불길한 상상이 이어지면서 자신감을 잃고 공황에 빠지기도 한다. 역시 나에게 이번 여행은 무리였어. 지금이라도 항공권을 취소하고 눌러앉을까? 여행을 꿈꾸면서도 두려워 떠나지 못하는 이들을 볼 때마다 애틋했다. 나 또한 떠날 때마다 두려움에 머뭇거리곤 했으니까. 그런 사람들에게 불안의 강을 건널 수 있는 징검다리를 놓아주고 싶었다. 용기 내어 첫발만 내디디면 여행이 손을 잡아 인도해줄 것을 알기에.

최근 저가 항공사가 늘면서 짧은 일정으로 외국을 다녀오는 것이 유행이다. 각박한 일상에서 탈출해 비행기에 몸을 싣는다. 이국적인 도시에서 달콤한 한때를 보낸다. 하지만 여행에서 돌아오면 또다시 지루한 일상이 펼쳐진다. 여행을 통해 일상을 살아갈 힘을 얻을 것 같지만 실상은 다르다. 여행을 다녀오면 일상이 더 싫어진다.

꿈결 같던 여행지와 비교되어 지옥처럼 느껴진다. 결국 여행에의 갈증은 계속되고, 삶은 그대로다. 왜 그럴까? 우리는 여행을 통해 많은 것을 경험한다. 볼거리, 휴식, 오락, 음식 등 다양한 것을 누리지만, 그 경험을 오롯이 자신의 것으로 만들지 못하고 있다. 여행을 왜 떠나는지why, 여행을 어떻게 할지how, 여행에서 무엇을 얻을지what를 고민하지 않기 때문이다. 자주 여행을 떠나면서도 항상 갈증을 느끼는 이들과 함께 여행의 의미에 대해 이야기해보고 싶었다. 여행이란 나를 긍정적으로 변화시킬 너무나 소중한 기회이기에.

헤르만 헤세Hermann Hesse는 《데미안》에서 말했다.

"새는 알에서 빠져나오려 몸부림친다. 그 알은 세계다. 태어나려는 자는 하나의 세계를 파괴해야 한다."

알 속이 아무리 안락해도 새는 알을 깨고 나와야 한다. 끝내 알 속에 머무른 새는 죽은 것과 다름없다. 인간도 마찬가지다. 알을 깨고 나오지 않으면 아무리 나이를 먹어도 미숙아일 따름이다. 하지만 안락한 알을 깨고 나오는 행위는 두렵다. 크나큰 용기가 필요하다. 이 책이 두려움에 떨며 알 속에 머무는 이들에게 힘이 되기를 바란다. 알을 깨고 나온 모든 '호모 비아토르homo viator(여행하는 인간)'와 함께 하늘로 날아오르고 싶다.

1장

낯선 곳에
던져지다

:
배낭이 사라졌다 고난

··

　　페루에서 야간버스를 타고 에콰도르로
향했다. 국경을 넘느라 밤새 잠을 설쳤더니 정신이 멍했
다. 아침에 버스가 터미널에 도착하자 카페테리아로 가
서 음식을 시켰다. 그런데 누군가 뒤에서 내 어깨를 두
드렸다. 돌아보니 스페인어로 뭐라고 하며 바닥에 떨어
진 돈뭉치를 가리켰다. 순간 사기꾼이라는 걸 눈치챘다.
내가 돈을 집으면 소동이 벌어질 터였다. 못 본 척하고
고개를 돌리고는 휩쓸리지 않아 다행이라 여겼다. 그런
데 뭔가 허전했다. 옆에 있던 배낭이 사라지고 없었다.
내가 뒤돌아보는 순간 일당이 들고튄 것이다. 바로 뒤따
라 나갔지만 꽁무니도 보이지 않았다. 하늘이 무너져 내
렸다.

누구나 여행을 준비하며 예상치 못한 사건에 대비한다. 도둑맞을까 봐 복대에 귀중품을 따로 챙기고, 가방을 잠글 자물쇠도 마련한다. 물론 불안해하면서도 어디까지나 '만약의 사태'에 대비한 준비일 뿐이다. 내심 자신의 여행만은 아름다운 일로 가득하리라 믿는다. 종종 들리는 불행한 사건들은 운이 없는 누군가의 일일 뿐이라며. 과연 그럴까?

　파울로 코엘료Paulo Coelho의 《연금술사》에도 도둑맞은 여행자가 등장한다. 주인공 산티아고는 스페인 남부에서 양을 치는 청년이다. 어느 날 그는 이집트 피라미드에서 보물을 발견하는 꿈을 꾸었다. 희망에 부푼 그는 양들을 팔아 여비를 마련해 배를 타고 북아프리카로 건너갔다. 모로코의 항구 도시 탕헤르에 도착했지만, 아랍어를 전혀 할 줄 몰랐다. 그가 곤경에 빠져 있을 때, 스페인어를 할 줄 아는 아랍인이 다가왔다. 산티아고는 친절한 아랍인을 친구로 여겼다. 피라미드까지 가려면 낙타를 사야 한다는 말에 돈주머니까지 맡겼다. 하지만 장터에서 물건을 구경하다 보니 친구가 사라지고 없었다. 산티아고가 맡긴 돈주머니와 함께. 산티아고는 집을 떠나온 첫날 사기꾼에게 속아 무일푼이 되었다. 낯선 이를 철석같이 믿은 어리석음을 탓했지만, 이미 벌어진 일이었다.

나는 산티아고와 달리 남미에 여행자를 노리는 도둑이 많다는 걸 알고 있었다. 그들이 즐겨 쓰는 방법도 여럿 숙지하고 있었다. 하지만 열 사람이 한 도둑 못 지킨다는 말이 있다. 하물며 여행지에서는 여러 명이 한 사람을 노리고 달려드니 아무리 경계해도 당해낼 재간이 없다. 더구나 나처럼 야간버스를 타고 오느라 지쳐 정신이 몽롱한 여행자는 손쉬운 먹잇감이다. 잃어버린 배낭 안에는 여권을 비롯한 귀중품이 몽땅 들어 있었다. 특히 가슴 아팠던 건 새로 산 DSLR 카메라였다. 남미의 아름다운 풍경을 상상하며 야심 차게 장만한 물건이었다. 한 달 동안 페루를 여행하며 많은 사진을 찍었다. 4,750미터 높이의 고개를 넘는 트레킹 중에도 카메라를 손에서 놓지 않았다. 그 모든 사진이 담긴 메모리 카드가 카메라에 꽂혀 있었다. 페루 여행의 추억을 몽땅 도둑맞은 기분이었다.

그나마 다행인 건 여행 경비를 따로 보관해두었다는 것이었다. 경찰서에 가서 분실 신고를 한 후 싸구려 호텔에 방을 잡았다. 밤새 버스에 시달리느라 피곤했지만, 잠이 오지 않았다. 도둑놈들에 대한 분노로 가슴이 터질 듯했다. 경계를 소홀히 했다는 자책감이 가슴을 후벼 팠다. 나에게 이런 불행을 안겨준 하늘이 원망스러웠다. 침대에 누워 천장을 바라본 채 끊임없이 밀려오는 감정의 파도 속을 표류했다. 한 달이 넘도록 도난 사건이 잊히지 않았다. 당연히 여행할 기분도 아니었다. 여행을 포기하고 집으로 돌아갈까 심각하게 고민했다.

이처럼 도난 사고는 여행 중단을 초래할 정도로 중대한 사건이다. 물론 요즘이야 카드 한 장만 있어도 여비 때문에 여행을 포기하는 일은 드물다. 문제는 도난 사고가 남기는 후유증이다. 한번 도둑맞고 나면 현지인이 '잠재적 도둑'처럼 보인다. 그들이 베푸는 친절을 의심의 눈초리로 보게 된다. 뭔가를 노리고 접근하는 건 아닌가 하고. 마음을 꽁꽁 닫아건 채 현지인과의 접촉을 피한다. 사람이 몰려 있는 곳은 가방을 끌어안고 잽싸게 통과한다. 이럴 거면 머나먼 이국땅까지 왜 온 걸까?

*

앙투안 생텍쥐페리Antoine de Saint-Exupéry의 직업은 뭘까? 대부분 작가로 알고 있지만, 실은 비행기 조종사다. 우편물 수송기를 몰고 유럽·북아프리카·남미 대륙을 넘나들었다. 평생 비행을 하다 보니 조난 사고도 여러 번 당했다. 1935년 12월 29일 생텍쥐페리는 정비사 프레보를 태우고 파리를 떠났다. 15만 프랑의 상금이 걸린 파리-사이공 간 장거리 비행 대회에 참여한 길이었다. 하지만 다음 날 새벽 2시 45분, 비행기는 사막의 고원에 부딪혀 추락하고 말았다. 기체가 너덜너덜해질 정도로 충격이 컸지만, 두 사람은 약간의 타박상만 입었다. 가장 큰 문제는 수통이 터졌다는 것이었다. 그들에게는 고작 다섯 시간을 버틸 물밖에 남아 있지 않았다. 일주일 안에 구조될 가능성은 제로에 가까웠다. 하는 수 없이 낙하산을 펼쳐 아침 이슬을 가솔린 탱크에 받았다. 녹황색을 띤 역겨운 물이었지만, 갈증을 참을 수 없어 꿀꺽 들이켰다. 그러자 물에 녹아든 독성 탓에 구토와 경련이 밀려왔다. 생텍쥐페리는 고백했다.

"이렇게 샘물의 포로가 되리라고는 생각해보지 못했

다. 물 없이 자유롭게 행동할 수 있는 시간이 이렇게 짧을 줄을 의심도 해보지 못했다. (…) 사람들은 보지 못하는 것이다. 인간을 우물에 매어둔 밧줄을. 탯줄처럼 인간을 대지의 자궁에 매어두고 있는 밧줄을. 한 발자국만 더 내디디면 그는 죽는다."

우리는 물의 소중함을 모른다. 수도꼭지를 틀면 물이 콸콸 쏟아져 나오니까. 갈증도 별로 느껴본 적이 없다. 깨끗한 물을 먹겠다며 생수를 사 먹는 나라다. 나 또한 물이 얼마나 중요한지, 목마름이 얼마나 무서운지 모른 채 살았다. 페루의 오아시스 마을 우아카치나에 갔을 때, 모래 언덕을 오르는 사람들이 보였다. 100미터 정도 높이라 30분이면 충분히 올라갈 것 같았다. 사막의 모래 언덕을 오르는 낭만을 놓칠 수 없어 대열에 합류했다. 호기롭게 출발했지만, 곧 뭔가 이상하다는 걸 깨달았다. 흘러내리는 모래 탓에 두 발 오르면 한 발 까먹고 있었다. 발이 푹푹 빠지니 한 걸음 걷는 데 평소보다 몇 배나 힘이 들었다. 얼마 지나지 않아 몸이 납덩이처럼 무거워졌다. 질척한 팥죽에 빠져 허우적대는 느낌이랄까? 오르다 쉬다를 반복하다 보니 무려 한 시간 만에 모

래 언덕 꼭대기에 다다랐다. 문제는 금방 올라올 줄 알고 물을 갖고 오지 않았다는 것. 머리 위에는 사막의 태양이 이글거리고, 입안에는 모래 먼지가 버썩댔다. 목이 너무 말라 아무나 붙잡고 물을 구걸했다. 물을 마셔도 입안의 갈증만 해소될 뿐, 걸쭉해진 피가 혈관을 통과하지 못한 채 끈적댔다. 사막 경치고 뭐고 서둘러 언덕을 내려왔다. 얼음을 넣은 콜라 한 잔만 마실 수 있다면 영혼이라도 팔 것 같았다.

이후로는 항상 물을 넉넉히 챙겼다. 특히 장거리 야간 버스를 탈 때는 꼭 2리터짜리를 준비했다. 언제 휴게소에 들를지 알 수 없기 때문이다. 하루는 볼리비아의 황량한 고원을 가로지르는 야간버스에 몸을 실었다. 뒷좌석에는 젊은 부부가 두 살쯤 되어 보이는 아이를 데리고 앉았다. 한참 자고 있는데 아이가 칭얼대는 소리가 들렸다. 계속 "아구아, 아구아!"라고 외치며 울고 있었다. 짧은 스페인어 실력에도 그게 '물'이란 걸 알아들었다. 부부가 버스를 타면서 물 사는 걸 깜박한 모양이었다. 냉큼 2리터짜리 생수통을 내밀었다. 아이는 바로 울음을 그쳤고, 덕분에 평온한 고원의 밤이 다시 찾아왔다.

*

　조지 오웰George Orwell은 젊어서 무척 가난했다. 작가가 되고 싶었지만, 런던은 물가가 너무 비쌌다. 생활비가 덜 드는 파리에 가면 프랑스어도 배우고 일석이조일 것 같았다. 그런데 파리에 왔다고 형편이 확 나아질 리 없었다. 가정교사와 서점 직원 등 온갖 일을 전전했지만, 입에 풀칠하는 게 고작이었다. 결국 돈까지 도둑맞고 막다른 골목에 몰렸다. 옷가지를 팔아 마련한 돈으로 일주일 동안 마가린 바른 빵 조각만 먹었다. 몸에 힘이 없어서 한번 침대에 누우면 반나절은 누운 채로 보냈다. 어차피 일어나도 할 일이 없으니 괜히 기력만 소모할 필요는 없었다. 침대에 누운 자신이 '사람이 아니라 몇몇 곁다리 기관이 달린 밥통'처럼 느껴졌다.

　여행자도 오웰과 비슷한 일을 겪곤 한다. 장기 여행을 하다 보면 예산이 빠듯하다. 레스토랑에서 값비싼 음식을 먹을 수 없어 빵 같은 걸로 끼니를 때우는 날이 늘어난다. 이렇게 배고픔과 영양 부족이 일상화되고, 때로는 정말 굶는 일도 생긴다. 인도에서 네팔로 가는 버스를 탔을 때다. 국경만 넘으면 인도 돈은 무용지물이 되므로 며칠 전부터 환전에 주의를 기울였다. 그런데 세상일이 내 마음대로 되던가? 버스가 연착하는 바람에 국경 도착이 상당히 늦어졌다. 배가 고팠지만, 버스 타기 전에 주머니를 탈탈 털어 산 음식은 떨어진 지 오래였다. 휴게소에서 배를 채우려면 다시 달러를 헐어 환전해야 했다. 주린 배를 끌어안고 고민했다. 돈을 바꿀까 말까? 바꾸면 분명 돈이 남을 텐데. 결국 돈이 아까워 환전을 포기했다. 굶주림에 지친 몸을 버스 의자에 기댄 채 눈을 감았다. 마치 오웰이 침대에 누워 꼼짝도 하지 않았듯이.

가끔은 돈이 있어도 단식해야 할 때도 있다. 현지 음식을 먹고 탈이 난 경우다. 친구 A와 함께 볼리비아의 우유니 소금 사막에 갔다. 3박 4일의 투어를 끝내고 나면 칠레로 넘어가는지라 환전해 놓은 돈이 빠듯했다. 투어 비용을 내고 나니 멀쩡한 레스토랑에서 식사하기에는 돈이 부족했다. 이때 어디선가 고기 굽는 냄새가 풍겨왔다. 길거리에서 파는 햄버거 냄새였다. 바로 이거다 싶었다. 우린 햄버거를 하나씩 사서 게 눈 감추듯 먹어 치운 후 저녁을 싸게 잘 때웠다며 흡족해했다.

다음 날 우유니 사막 투어를 시작했다. 하얗게 빛나는 소금 사막이 환상적이었다. 저녁이 되어 작은 마을에 여장을 풀었을 때 문제가 터졌다. A의 장이 뒤틀리기 시작했다. 장을 쥐어짜는 통증이 몇 분 간격으로 찾아왔다. 이곳은 사막 안으로 깊숙이 들어온 오지였다. 병원이 있는 곳까지 가려면 몇 시간이 걸릴 터였다. 배를 움켜잡고 끙끙대는 A를 보며 내 마음도 타들어 갔다. 응급 처치로 뜨거운 물을 먹이며 뜬눈으로 밤을 새웠다. 다행히 아침이 되자 통증이 가라앉기 시작했다. A는 하룻밤 새 얼굴이 핼쑥해졌다. 일행에게 배탈 약을 얻어먹고 다시 투어에 나섰지만, 하루 종일 음식에는 손도 대지 못했다. 물만 마셔도 화장실로 달려가야 했으니까. 모두 주변 경치에 감탄할 때 A는 좌석에 기댄 채 눈을 감고 있을 뿐이었다.

결국 A는 사흘을 쫄쫄 굶었다. 투어의 종착점인 칠레 아타카마 마을에 도착해서야 몸이 정상을 되찾았다. 우리는 곧장 비싼 레스토랑에 들어가 요리를 잔뜩 시켰다. 입안 가득 음식을 우물거리며 A가 말했다.

"다시는 볼리비아 햄버거 안 먹어."

자신을 아사 직전까지 몰고 간 주범이 햄버거에 들어 있던 '싸구려 패티'라는 것이었다. 그제야 길거리를 돌아다니며 쓰레기를 주워 먹던 볼리비아 돼지들이 떠올랐다. 아무튼 A의 장염 사건은 남미 여행의 큰 위기였다. A는 지금도 이 사건을 자주 입에 올린다. 해외에서 싸구려 음식을 먹기 싫을 때마다.

*

낯선 곳에 도착하면 제일 먼저 할 일이 뭘까? 나는 숙소부터 잡는다. 오늘 밤 몸을 누일 장소를 정해 놓지 않으면 불안하니까. 물론 무거운 배낭을 맡길 곳도 겸해서. 짧게는 매일같이 바뀌는 숙소는 여행자에게 큰 스트레스다. 인터넷으로 예약하면 좋지만, 장기 여행 중에는 이마저도 수월치 않다. 요즘은 숙소에 들어가면 침대 시트부터 들추어 본다. '침대 벌레'라는 별명으로 유명한 빈대의 유무를 확인하기 위해서다.

여행자를 위협하는 빈대의 역사는 꽤 길다.《요한행전 Acts of John》에 사도 요한이 빈대와 벌인 대화가 기록되어 있을 정도다. 요한이 일행과 함께 에페수스로 가던 길에

황폐한 숙소에 묵었다. 침대에 눕자 수많은 빈대가 요한에게 달려들었다. 참다못한 요한이 말했다.

"빈대들이여, 나는 너희들에게 명하노라. 모두 예의를 갖추라. 오늘 하룻밤만은 집을 떠나 한 장소에 모여 조용히 있으라. 신의 종에게 가까이 다가와서는 안 되노라."

바닥에서 잠을 자던 일행은 요한의 말에 웃음을 터뜨렸다. 그런데 다음 날 일어나보니 빈대들이 방문 앞에 가지런히 늘어서 있는 게 아닌가? 요한은 빈대들을 칭찬하며 다시 '집'으로 돌아갈 것을 명했다. 그러자 빈대들이 곧장 침대로 돌아갔다나.

성자 요한은 빈대를 부릴 수 있었지만, 나에겐 그런 능력이 없다. 빈대는 피하는 게 최선이다. 아르헨티나 코르도바에서 숙소를 잡았을 때다. 창문이 없어 컴컴한 방에 눅눅한 공기가 가득했다. 영 내키지 않았지만 늦은 밤이라 어쩔 수 없이 하룻밤을 보냈다. 다음 날 몸이 자꾸 가려워 살펴보니 배에 빨간 반점이 몇 개 나 있었다. 처음에는 모기에 물린 줄 알고 대수롭지 않게 여겼다. 그런데 날마다 반점이 늘어갔다. 너무 가려워 잠도 잘 수 없었다. 약국을 찾았더니 빈대에 물린 거라며 약을 처방해 주었다. 약을 써도 빈대는 쉽게 떨어지지 않았다. 옷이나 배낭에 숨어 있다가 밤만 되면 기어 나와 나를 물어뜯었다. 결국 모든 걸 세탁기에 넣어 빨고 나서야 증상이 멈추었다. 이후로도 여러 번 빈대를 만났다. 남미와 아프리카는 물론이고, 유럽과 북미 같은 선진국도 예외가 아니었다. 인도에서는 베개를 들추어보니 하얀 빈대 알이 잔뜩 붙어 있어 기겁했다. 스페인에서는 하얀 시트 위를 뻔뻔하게 기어오는 빈대를 눌러 죽인 일도 있다. 이러니 숙소를 잡을 때마다 침대 시트를 들출 수밖에.

빈대 외에도 여행자를 괴롭히는 벌레는 많다. 모기나 파리는 일상다반사라 말할 거리도 안 된다. 인도 카주라호에 갔을 때 호수가 바라다보이는 숙소를 잡았다. 발코니에 앉아 물소들이 진흙탕에서 뒹구는 모습을 구경했다. 자연을 바로 옆에서 감상할 수 있는 숙소의 위치가 정말 마음에 들었다. 그런데 해가 저물자 상황이 180도 바뀌었다. 어딘가에서 풍뎅이 비슷한 벌레가 날아들기 시작했다. 야외 레스토랑에서 저녁을 먹는데, 벌레가 음식 위에 툭툭 떨어졌다. 황급히 식사를 마치고 방으로 들어갔다. 시간이 지나자 문 틈새로 벌레들이 기어들어 오기 시작했다. 상황을 살피려고 문을 열었다가 식겁했다. 숙소 외부와 연결된 복도가 벌레로 새까맣게 덮여 있었다. 종업원들이 빗자루로 벌레를 쓸어 담고 있었다.

원인은 물소들이 뒹굴던 진흙탕이었다. 그곳에서 부화한 벌레들이 해가 지자 주변을 덮친 것이다. 문틈을 젖은 수건으로 막았지만, 어딘가에서 벌레들이 계속 들어왔다. 침대로 날아드는 벌레를 퇴치하느라 한숨도 잘 수 없었다. 다음 날 아침 악전고투를 마치고 방문을 나서니 복도는 깨끗이 치워져 있었다. 지난밤 호텔을 덮쳤던 벌레의 흔적은 남아 있지 않았다. 숙소 프런트에는 방금 도착한 손님들이 환한 얼굴로 체크인을 하고 있었다. 오늘 밤 벌어질 벌레와의 전쟁은 꿈도 꾸지 못한 채.

*

누구나 여행의 낭만을 꿈꾼다. 하지만 낭만은 순간이고, 고난은 무궁하다. 도둑에게 털리고, 갈증과 굶주림에 시달리고, 벌레에게 뜯기는 일이 수시로 벌어진다. 이런 일은 몇 번을 당해도 익숙해지지 않는다. 에콰도르에서 도난 사건을 겪은 후에도 여러 차례 도둑을 맞았다. 카메라처럼 고가의 물건을 잃어버린 것은 아니었다. 그런데도 당할 때마다 상처가 나고, 소금을 뿌린 듯 쓰라렸다. 도난과 같은 부정적인 사건이 긍정적인 사건보다 훨씬 강력한 충격을 가하기 때문이다.

예를 들어, 도난 사건을 당하면 다양한 감정의 단계를 경험한다. 일명 '수용의 5단계'라는 과정이다. 처음에는 현실을 부정한다. '이건 꿈일 거야. 나한테 이런 일이 벌어질 리 없어'라고. 다음에는 격렬한 분노에 휩싸인다. 배낭을 훔쳐 간 도둑놈에게 저주를 퍼붓는다. '집에 가다 교통사고나 당해버려라'라고. 그러다 뭔가 타협점이 없는지 궁리한다. '이 사태를 돌이킬 방법은 없을까?', '혹시 경찰이 도둑을 잡지 않을까?' 등등. 하지만 곧 깨닫는다. 이미 엎질러진 물이라는 걸. 상황을 돌이킬 방법이 없다는 생각에 마음이 우울해진다. 한참 동안 울고 나면 마음이 좀 진정된다. 어쩔 수 없이 현실을 받아들이는 단계다. 여기까지 와야 감정의 사다리가 끝난다. 에콰도르에서 나는 수용의 5단계를 100번쯤 오르내렸다. 너무 큰 충격이라 한 번에 삼켜지지 않았다. 자다가도 그 생각만 나면 벌떡 일어났다. 상처가 아물려면 긴 시간이 필요했다.

고난은 힘들고 아프다. 그래도 얻는 것이 전혀 없지는 않다. 도난 사건 전에는 해수욕을 할 때 카메라가 불안해 몇 분마다 짐을 살폈다. 나도 모르는 새 카메라가 족쇄가 되어 있었다. 카메라 때문에 순간을 즐기지 못하고 있었다. 의도한 바는 아니지만, 카메라가 없어지고 나니 마음이 정말 편했다. 이제 지켜야 할 것도, 찍어야 할 것도 없었다. 도난 사건이 나에게 새로운 차원의 여행을 열어준 것이다.

게다가 시간이 흐르고 나면 고난이 준 상처가 '무용담'으로 탈바꿈한다. 나는 이제 에콰도르 도난 사건을 재미 삼아 떠들고 다닌다. A도 툭하면 우유니 장염 사건을 '자랑'한다. 따지고 보면 이만큼 굵직한 이야깃거리도 없다. 당시에는 힘들고 아팠지만, 추억 속에서 빛을 발하는 것이 고난이다. 결국 여행이 고난이 되고, 고난이 다시 여행이 된다. 그러니 고난을 두려워하지 마라. 고난이야말로 여행의 참맛이니까.

폭풍우 치는 바다와 항해 공포증

태평양의 작은 섬나라 팔라우에 갈 때 심한 폭풍우를 만났다. 비행기가 어찌나 요동치는지 여기저기서 물건이 떨어졌다. 창밖으로 보이는 날개가 흔들리다 못해 뚝 부러질 것 같았다. 비행기가 갑자기 밑으로 쑥 떨어질 때면 온몸의 피기 증발하는 듯했다. 조금이나마 위안을 얻으려고 쳐다본 승무원의 얼굴에도 긴장감이 역력했다. 상황이 심각하다는 걸 확인하자 두려움은 몇 배로 커졌다. 비행기가 흔들릴 때마다 떨어져 죽을지도 모른다는 공포가 엄습했다. 두 시간 넘게 지속된 악천후는 깨어날 수 없는 악몽과 같았다. 지금 당장 내릴 테니 비행기를 세우라고 말할 수도 없었으니까.

친구 A는 원래 비행을 좋아했으나, 이때 경험한 악천

후로 '비행 공포증'이 생겼다. 지금은 비행기가 이륙하자마자 얼굴이 하얗게 질린다. 때로는 부정맥이 찾아와 숨이 가빠지기도 한다. 기내식을 못 먹는 건 물론 물도 잘 못 마신다. 그렇다 보니 항공권을 고를 때 신중을 기한다. 우선 낡은 비행기가 많은 항공사를 제외한다. 상대적으로 정비가 부족할 것 같은 소규모 항공사도 피한다. 비행시간은 짧을수록 좋으므로 경유편보다는 직항편을 이용한다. 이러면 항공권 가격이 훨씬 올라가지만 말릴 수가 없다. 비행기가 흔들릴 때마다 이를 악무는 모습을 보면.

팔라우에 있는 내내 비바람이 오락가락했다. 호텔에만 머물기 심심해 당일치기 투어를 신청했다. 모터보트를 타고 근처의 섬들을 둘러보는 상품이었다. 배를 타러 항구에 나갔더니 역시나 비가 내리고 있었다. 가이드는 열대성 스콜이라며 걱정 말고 배에 오르라고 채근했다. 꺼림칙했지만 현지에 사는 가이드의 말을 믿어보기로 했다. 바다로 나간 지 30분쯤 지났을 때 비가 폭풍우로 바뀌었다. 성난 파도가 하얀 물보라를 일으키며 보트 안으로 들이쳤다. 배가 위아래로 요동치며 당장이라도 뒤집힐 것 같았다. 투어에 참가한 사람들 모두가 일행을 끌어안았다. 여자와 아이들이 무서워서 울음을 터뜨렸다. 나는 구명조끼의 끈을 단단히 고쳐 매며 생각했다. '여름휴가 왔다가 태평양에 빠져 죽는구나.' 나뿐만이 아니었다. 사람들의 눈에 공포가 가득했다. 죽음이 가까이 있음을 다들 직감하고 있었다. 다행히 10여 분 후에 폭풍우가 가라앉기 시작했다. 배가 섬에 도착하자마자 사람들이 앞다투어 배에서 뛰어내렸다. 땅에 발을 붙일 수 있다는 것이 이렇게 고마울 수 없었다. 섬에서 바비큐를 먹고 해변에서 스노클링도 했지만, 전혀 즐겁지 않았다. 호텔로 돌아가려면 다시 바다를 건너야 한다는 생각이 지워지지 않았다. 폭풍우 치는 바다를 건넌 경험은 이미 머릿속 깊이 '항해 공포증'을 주입한 후였다.

인간은 대지에 뿌리내리고 사는 존재다. 그래서 두 발이 땅에서 떨어지면 불안해한다. 비행기나 배가 두려운 건 당연하다. 인간의 본능적인 두려움을 자극하는 교통편이기 때문이다. 여행자의 딜레마는 여기서 시작된다. 한국은 섬이나 마찬가지여서 하늘이나 바다를 건너야 미지의 세계로 갈 수 있다. 두려움에 굴복해 제자리에 머물러서는 여행자가 될 수 없다. 끊임없이 두려움과 맞서며 앞으로 나아가는 것, 이것이 여행자의 숙명이다.

*

세상에는 힘센 동물을 상대로 용기를 시험하는 사람들이 있다. 취미로 동물을 잡는 사냥꾼이 대표적이다. 어니스트 헤밍웨이Ernest Hemingway는 1933년 겨울 아프리카 초원으로 향했다. 목표는 커다란 수사자였다. 수사자야말로 남자의 용맹을 시험할 최고의 사냥감이었다. 헤밍웨이의《프랜시스 매코머의 짧고 행복한 생애》는 사자 사냥 경험을 토대로 쓴 단편 소설이다. 주인공 매코머는 아내 마고를 데리고 아프리카로 사냥을 왔다. 어느 날 그는 늙은 수사자를 발견하고 총알을 두 발 먹였다. 부상을 입은 사자는 수풀 속에 숨어 있다가 매코머에게 달려들었다. 놀란 매코머가 혼비백산해서 줄행랑치는 모습을 일행이 목격했고, 매코머는 사냥감에게 등을 보이고 달아난 겁쟁이로 낙인찍혔다.

동서양을 불문하고 전통 사회는 남성의 용기를 칭송해왔다. 불을 뿜는 용과 싸워 공주를 구하는 기사야말로 '이상적인 남성상'이 아니던가? 그러니 남자에게 '겁쟁이'란 말은 치욕이다. 남자라면 사자를 두려워해서는 안 된다. 설사 두렵더라도 겉으로 드러내서는 안 된다. 그래서 매코머는 이대로 사냥을 끝낼 수 없었다. 지금 아프리카를 떠나면 겁쟁이라는 낙인을 영원히 지울 수 없을 테니까. 다음 날 매코머는 물소 사냥에 나섰다. 총으로 커다란 물소 세 마리를 쓰러뜨리고 나서야 그는 사냥의 본질을 깨달았다. 거대한 짐승과 맞서는 순간 '순수한 흥분'을 느꼈다. 두려움을 극복하며 느낀 짜릿함은 강렬한 쾌감이었다. 이제 매코머는 아무것도 두렵지 않았다. 진정한 남자로 다시 태어난 것이었다.

헤밍웨이는 진정한 남자가 되려면 사냥처럼 '특별한 경험'이 필요하다고 주장했다. 사실 남자뿐만 아니라 여자도 마찬가지다. 인간은 그냥 만들어지지 않는다. 특히 '어른'이라는 독립된 인격체가 되려면 용기를 시험할 기회가 필요하다. 이런 걸 '통과의례通過儀禮'라고 부른다. 모든 전통 사회는 나름의 통과의례를 갖고 있다. 고대에 행해지던 통과의례는 보통 신체의 일부를 절단하거나 상처 내는 절차가 따랐다. 고통에 맞서 용기를 발휘

한 경험이 있어야 어른이 된다는 뜻이다. 통과의례는 아이가 어른으로 한 단계 도약하기 위한 관문이다. 이 관문을 거치지 않으면 아무리 나이를 먹어도 아이 취급을 받아야 했다.

현대인은 통과의례를 잊어버렸다. 가장 큰 원인은 부모의 과잉보호다. 갓난아기 때부터 초중고, 대학교, 심지어 군대와 직장에 이르기까지, 자식을 좌지우지한다. 부모의 과잉보호 아래에서 자식은 이렇다 할 고난을 겪지 않는다. 두려움과 고통에 맞서 용기를 발휘할 기회가 아예 주어지지 않는 셈이다. 그럼 통과의례를 잊어버린 현대인은 진정한 어른이 될 수 없는 걸까? 아니다. 스스로 관문을 설정하고 통과하면 된다.

가장 대표적인 방법이 여행이다. 물론 어떤 여행을 선택하느냐에 따라 관문의 질과 강도는 달라진다. 꼭 아프리카에 가서 사자와 마주 설 필요는 없다. 밤늦게 우범 지대를 배회하라는 말도 아니다. 길 위에 서는 것만으로도 가치가 있다. 일상 속에 머무는 것보다 불확실성이 수백 배 증가하기 때문이다. 핵심은 두려움과 고통을 느낄 정도의 '적당한 위험'이 수반되어야 한다는 점이

다. 따라서 가이드가 데리고 다니며 일일이 챙겨주는 패키지여행은 관문이 될 수 없다. 스스로의 힘으로 난관을 돌파하는 자유여행만이 여행자의 성장을 이끌 통과의례가 될 수 있다.

*

산악계의 살아 있는 전설 라인홀트 메스너Reinhold Messner는 말했다.

"죽을 가능성이 없다면 모험은 애초에 불가능하다."

목숨이 왔다 갔다 할 정도는 아니더라도 모든 여행에는 위험이 따르기 마련이다. 핵심은 위험을 배제하는 것이 아니라, 적당한 수준으로 '통제'하는 것이다. 나는 등산에 맛을 들인 후 서울 북한산에 자주 올랐다. 정상인 백운대 옆에는 한국 암벽 등반의 성지인 인수봉이 우뚝 솟아 있다. 깎아지른 암벽을 기어오르는 등반자가 개미처럼 작아 보였다. 만약 암벽에서 떨어진다면? 최소 사망이다. 백운대에 편안히 앉아 등반자를 구경하며 미쳤다고 생각했다. 왜 목숨을 걸고 저런 짓을 하는 걸까? 그러다 운동 삼아 실내 암장을 다니게 되었다. 그곳에서 친해진 사람들의 권유로 등반 학교에도 입학했다. 6주 동안 암벽 등반을 배운 후 졸업 과제로 인수봉을 오르는 과정이었다. 어쩌다 보니 내가 '미친 짓'을 하고 있었다. 암벽 등반이 자연에 목숨을 내맡긴 무모한 모험이 아니란 걸 깨달았기 때문이다.

암벽 등반은 항상 '추락'을 전제로 한다. 만약 추락할 가능성이 없다면? 그럼 도전할 가치가 없다. 평지에 서 있는 것과 아무 차이가 없으니까. 추락할 가능성이 있기에 도전할 열정이 생기고, 짜릿한 긴장감도 느낄 수 있다. 하지만 모험을 즐기겠다고 목숨을 버리는 것은 어리석은 일이다. 그래서 등반자는 위험을 통제한다. 암벽 등반은 보통 2인 1조로 움직인다. 먼저 바위를 오르는 사람을 '선등자', 뒤에 남은 사람을 '후등자'라고 부른다. 두 사람의 몸은 로프로 단단히 연결되어 있다. 선등자는 암벽을 오르며 2~5미터 간격으로 로프를 걸 수 있는 '확보물'을 설치한다. 후등자는 밑에서 로프를 붙잡고 선등자의 추락에 대비한다. 따라서 선등자가 추락해도 떨어지는 거리는 5미터 이내다. 이 정도면 대부분 큰 부상 없이 넘길 수 있다. 암벽 등반은 위험을 충분히 인지

한 후 위험의 크기를 최소화한 '계산된 모험'인 셈이다.

마침내 인수봉에 올라갈 날이 왔다. 등반에 소질이 보였는지 '하늘길'이라는 어려운 코스를 배정받았다. 한 줄 로프에 의지한 채 까마득한 암벽에 매달려서도 두렵지 않았다. 훈련을 통해서 안전장치에 대한 믿음이 생긴 덕분이었다. 그렇다고 안전장치에만 의존해서도 안 된다. 암벽을 정복할 첫 번째 무기는 안전장치가 아니라 등반 기술이다. 등반자는 사전에 어디로 올라야 할지, 어떤 기술을 써야 할지 주도면밀하게 검토한다. 충분히 승산이 있다는 판단이 선 다음에야 암벽에 붙는다. 안전장치에 의지해 능력 이상의 것에 도전하는 행위는 용기가 아니라 만용이다. 만용을 피하기 위해서는 자신의 능력부터 파악해야 한다. 무엇을 할 수 있는지 알아야 계산이 가능하기 때문이다. 계산 결과 할 수 있다고 판단했다면 더 이상 주저할 필요 없다. 모험은 이제 '적당한 위험'을 지닌 즐길 거리일 뿐이다.

인수봉 정상에 올랐을 때 가슴이 뿌듯했다. 불가능해 보였던 두려움의 산을 정복했으니까. 이후로 나는 모험이 섞인 여행을 즐기게 되었다. 인수봉을 오르며 느꼈던 짜릿함과 성취감을 잊을 수 없었다. 이제는 기회가 있을 때마다 산으로 바다로 달려간다. 모험을 통해 주어지는 자극은 특별하다. 내가 살아 있음을 일깨우는 동시에 잠들어 있던 활력을 촉발한다. 그래서 모험에서 돌아오면 지루한 일상을 꽤 오래 버틸 수 있다. 모험이 주는 활력이 그 어떤 자극보다 강렬하기 때문이다.

*

세상에 100퍼센트 안전한 일이란 게 있을까? 계산된 모험인 암벽 등반도 모든 위험을 통제할 수는 없다. 안전 장비를 갖추어도 종종 큰 부상을 입는다. 심지어 머리 위에서 떨어진 바위에 맞아 죽기도 한다. 그렇다고 이런 돌발 사태까지 계산에 넣을 수는 없다. 발생할 확률이 극히 낮기 때문이다. 안전만 생각한다면 평생 집에 붙어 있어야 할 것이다. "침대 밖은 너무 위험해"라고 읊조리면서. 하지만 은둔형 외톨이가 아닌 이상 집에만 머무는 사람은 없다. 집 밖에 나오면 사고를 당할 확률이 높아지지만, 그 정도 위험은 누구나 감수한다. 결국 위험은 확률의 문제로 치환된다. 심리적으로 감내할 만한 수준이면 안전이고, 감내하지 못할 수준이면 위험인 셈이다.

그렇다고 모든 위험을 심리적인 문제로 치부할 수는 없다. 네팔의 쿰부 히말라야에 가려면 경비행기를 이용해야 한다. 카트만두에서 40분쯤 날아가면 산속에 있는 루클라 공항에 내린다. 문제는 공항의 활주로다. 공간이 협소해서 활주로가 절벽 위에 설치되어 있다. 비행기가 이륙할 때는 경사진 활주로를 달려 내려간다. 활주로 끝에서 프로펠러의 힘으로 떠오르지 않으면 낭떠러지로 추락이다. 게다가 히말라야의 날씨는 종잡을 수 없다. 폭풍과 안개가 수시로 덮쳐 결항을 밥 먹듯 한다. 맑은 날에도 바람이 거세 롤러코스터를 타기 일쑤다. 또한 네팔은 경제 사정이 열악해 비행기가 매우 낡았다. 날아가다가 비행기 문짝이 떨어져 나간 일도 있단다. 위험한 활주로에 변화무쌍한 날씨, 거기에 낡은 비행기까지, 항공 사고를 부를 3종 세트를 다 갖춘 꼴이다. 그래서 이 구간에서 비행기가 추락했다는 소식이 종종 들려온다. 유의미한 확률로 사고가 발생하는, 누구나 두려워할 노선인 셈이다.

그런데도 수많은 사람이 이 비행기를 이용한다. 세상에서 가장 높은 곳인 에베레스트산을 보기 위해서다. 에베레스트산을 보고 싶다는 열망이 추락의 공포를 억누른 것이다. '욕망이 두려움을 억제한다'고나 할까? 욕망의 강도가 셀수록 위험을 감내할 의사도 높아진다. 욕망이야말로 사람을 용감하게 만드는 원동력인 셈이다. 결국 이야기가 제자리로 돌아왔다. 위험은 심리의 문제다. 그리고 세상은 위험의 바다다. 이 바다를 항해할지 말지는 개인의 선택이다. 분명한 것은 집에 앉아 떨어봐야 아무것도 알 수 없다는 점이다. 바다로 나가야 알 수 있다. 내가 마주할 벽이 무엇인지. 벽에 부딪쳐야 알 수 있다. 내가 넘을 수 있을지 없을지.

여행자는 위험을 선택한 사람이다. 그렇다고 마음속 불안이 완전히 사라진 건 아니다. 매번 이성이 귓가에 속삭인다. 너무 위험하다고, 나중에 후회할 거라고. 이럴 때면 프리드리히 니체Friedrich Wilhelm Nietzsche의 말을 떠올린다.

"내 말을 믿어라. 실존의 가장 커다란 결실과 향락을 수확하기 위한 비결은 다음과 같은 것이기 때문이다. 위험하게 살아라!"

　나는 믿는다. 위험이 삶에 활력을 불어넣으리라는 것을. 난관이 나를 성장시켜 주리라는 것을. 그리고 길 위에서 내가 더욱 강해지리라는 것을.

여행자용 철인 3종 경기 장애물

하늘에 닿을 정도로 높은 탑을 쌓은 사람들이 있었다. 이를 괘씸히 여긴 신이 공사를 중단시킬 방법을 궁리했다. 해결책은 사람들의 말을 뒤섞어 놓는 것이었다. 서로 말이 통하지 않자 사람들 사이에 오해와 불신이 싹텄다. 결국 공사는 중단되고, 사람들은 뿔뿔이 흩어졌다. 이후로 세상 곳곳에 다른 언어를 쓰는 사람들이 살게 되었다. 《구약성서》에 실린 바벨탑 일화다. 나는 말을 뒤섞어 놓은 신이 원망스럽다. 여행자를 가로막는 가장 큰 장애물이 '언어의 장벽'이기 때문이다. 말이 통하지 않는 지역으로의 여행은 그야말로 공포다. 의사소통이 되어야 밥을 먹건 길을 묻건 할 테니까.

남미는 브라질을 제외한 대부분 지역이 스페인어를

사용한다. 유명 관광지를 제외하고는 영어가 통하지 않는다는 소문이었다. 스페인어를 몰랐던 나는 고민 끝에 두 달 동안 학원을 다녔다. 인사말과 숫자 등 기본적인 단어라도 알아야 여행이 가능할 것 같았다. 남미에 도착한 첫날 버스표를 예매하러 터미널을 찾았다. 매표소 앞에서 "올라?(안녕?)" 하고 인사를 던지니 표 파는 아주머니가 활짝 웃으며 맞아주었다. 동양인이 스페인어로 인사를 건네니 기분이 좋은가 보다. 시작이 좋다. 칠레 산티아고에서 발파라이소로 가는 표를 달랬더니 속사포 같은 스페인어가 쏟아졌다. 내가 실수했다. 괜히 스페인어로 말해서 이 나라 말을 한다고 착각한 모양이다. 미안하다고, 스페인어 못한다고 말했는데도 말하는 속도가 떨어지지 않았다. 아주 나중에야 알았다. 스페인어 할 줄 알면서 왜 모르는 척하냐는 뜻이었단 걸.

식은땀을 흘리며 "볼레토, 포르 파보르!(표, 주세요!)"만 반복했다. 아주머니가 하는 수 없다는 표정으로 내 앞에 표를 내밀었다. 이제 돈만 지불하면 된다. 그런데 금액을 알아들을 수가 없다. 분명 숫자인데 왜 이럴까? 결국 아주머니가 종이에 금액을 적어주었다. 2천페소였다. 아! 내가 학원에서 배운 숫자는 1부터 100까지였다. 그러니 알아들을 수가 없지. 알고 보니 칠레의 시외버스 표 가격은 최소 천 단위 이상이었다. 1부터 100까지는 물건 셀 때나 쓸 숫자였다. 가격을 흥정할 수도, 밥값을 지불할 수도 없었다. 도대체 난 무슨 스페인어를 준비해 온 걸까? 내가 책상 앞에서 준비한 남미 여행에는 현지인의 삶이 누락되어 있었다. 당연했다. 그곳에 가보지 않고 어떻게 제대로 된 준비가 가능하겠는가? 여행 준비는 여행지에 와서 완성된다. 그때그때 필요한 것을 배워 가면서.

세상에서 가장 용감한 사람은? 정답은 '무식한 사람'이다. 철 지난 농담 같지만, 무식하면 용감한 것 맞다. 아이들은 징그러운 동물을 태연히 만진다. 그게 뭔지 모르기 때문이다. 외국어도 마찬가지다. 아예 모르면 용감해진다. 도리어 어설프게 알면 두려워진다. 말한 게 틀릴까 봐.

중국은 자유여행을 하기 어려운 나라다. 베이징 같은 대도시면 몰라도 조금만 외지로 나가도 영어가 안 통한다. 중국 다리大理에 갔을 때 식사 때문에 애를 먹었다. 메뉴판이 온통 한자로 써 있어 무슨 음식인지 짐작도 할 수 없었다. 하는 수 없이 옆 테이블을 살펴보고 마음에 드는 걸 손가락으로 가리켰다. 민망했지만 먹고살려면 어쩔 수 없었다. 무식하면 용감하다고 손짓에 익숙해지니 오히려 편했다. 이제는 중국말로 주문하고 점원이 무슨 말을 할지 긴장할 필요가 없었다. 하루는 길을 걷는데 국숫집에서 배달 가는 청년이 나왔다. 쟁반에 놓인 국수에서 모락모락 김이 솟고 있었다. 빨간 양념이 얹힌 국수가 맛있어 보여 청년을 불러 세웠다. 손가락으로 국수를 가리키며 한 그릇 달라는 제스처를 취했다. 덕분에 매콤한 윈난 국수를 맛볼 수 있었다.

물건을 사러 가서도 마찬가지였다. 상점가에서 짙푸른 쪽빛으로 물들인 염색 천을 발견했다. 마음에 쏙 들어 가격을 물었더니 너무 비쌌다. 값을 깎아야겠는데 "타이구이(너무 비싸요)"라는 말밖에 모르겠다. 그래서 손짓을 섞어가며 한국말로 말했다. "꼭 사고 싶은데 돈이 부족해요. 깎아주면 하나가 아니라 두 개를 살게요"라는 식으로. 그러자 주인아주머니의 웃음보가 터졌다.

내가 한국말로 떠드는 게 재미있었나 보다. 이러니 협상이 안 될 리 없다. 흔쾌히 가격을 깎아주어 기분 좋게 거래를 마쳤다. 이 정도면 '언어의 장벽'이란 게 무색하지 않을까? 어설프게 아는 자는 언어의 장벽을 넘으려 애쓴다. 반면에 아예 모르는 자는 넘기보다는 우회할 방법을 모색한다. 바로 '보디랭귀지'다. 필요한 것은 딱 하나, 창피함을 무릅쓸 용기뿐이다.

*

세상에는 여행을 가로막는 장애물이 여럿 존재한다. 그중에서 가장 무서운 것은 사막이다. 태양이 이글이글 타오르는 사막은 죽음의 땅이다. 황량한 사막에서 길을 잃으면 며칠도 못 가 수분 부족으로 사망한다. 사막의 무서움을 경험하러 몽골 고비 사막으로 향했다. 수도인 울란바토르를 출발해 며칠 동안 흙길을 달렸다. 운전사에게 화장실이 가고 싶다고 말했더니 허허벌판에 차를 세웠다. 시동도 안 끄고 기다리는 품이 아무 데서나 일을 보란 눈치다. 몸을 가려줄 나무 한 그루 없으니 차에서 멀리 떨어진 곳까지 걸어갔다. 그렇다고 너무 멀리 가면 안 된다. 사막에서 미아가 되는 일만은 피해야 하니까. 사람들이 나를 신경 쓰지 않지만 나는 사람들을 볼 수 있는 거리는 얼마쯤일까?

어둠이 찾아온 후에야 이동식 천막인 게르에 짐을 풀었다. 사막에서 밤을 보내는 데는 많은 것이 필요치 않다. 물과 음식, 그리고 몸을 누일 침대면 충분하다. 숙소에서도 화장실이 문제였다. 게르에서 50미터쯤 떨어진 벌판에 화장실 한 칸이 덩그러니 세워져 있었다. 밤이 되자 주변이 깜깜해서 화장실까지 가기가 영 무서웠다. 옛날에 사막에서 밤을 보낸 마르코 폴로Marco Polo는 야영지에서 멀어지지 말라고 경고했다. 사막의 정령이 여행자를 유혹한다나.

"사막에는 수많은 정령이 살고 있어서 여행자들에게 놀랍고도 엄청난 환상을 불러일으켜 결국 죽음으로까지 몰고 간다. (…) 정령들이 마치 동료인 것처럼 말을 걸고 어떤 때는 그들의 이름을 불러 길에서 벗어나 다시는 동료들을 찾을 수 없게 만들기도 한다."

그런데 정령보다 무서운 건 따로 있었다. 바로 사막의 추위다. 사람들은 사막이 더운 곳이라고 생각한다. 뜨거

운 태양과 바싹 마른 대지를 떠올리기 때문이다. 하지만 사막의 밤은 의외로 춥다. 일교차가 커서 밤이면 영하로 떨어지는 곳도 있다. 겨울용 파카에 침낭까지 챙겨 왔지만, 파고드는 냉기를 막을 수 없었다. 오들오들 떨며 긴 밤을 지새우다 보니 동쪽 하늘이 뿌옇게 밝아왔다. 게르 밖으로 뛰어나와 햇볕을 쬐며 안도의 한숨을 내쉬었다. '이제 추위에서 해방이다!' 그러나 이게 끝이 아니었다. 한낮이 될수록 햇볕이 점점 뜨거워졌다. 타는 듯한 햇살을 피해 다시 그늘로 몸을 숨겨야 했다. 모래 섞인 후끈한 바람이 불어오면 온몸의 피가 마르는 것 같았다. 사막은 두 얼굴을 가진 야누스였다. 얼음과 불이 번갈아 가며 강펀치를 날리는.

사막이 더위와 추위로 여행자를 괴롭힌다면 산은 높이가 문제다. 예로부터 하늘 높이 솟은 산들은 지역의 경계를 나누는 역할을 해왔다. 특히 겨울철에 눈 덮인 산을 넘는다는 건 목숨을 건 모험이었다. 페루 우아라스에서 산타크루즈 트레킹에 나섰다. 6천 미터급 고봉들로 둘러싸인 계곡을 걸으며 안데스산맥의 풍광을 만끽

할 수 있는 코스였다. 트레킹에는 영어를 할 줄 아는 가이드와 짐을 운반할 당나귀가 붙었다. 깊은 산속이라 텐트와 취사도구를 갖고 다니며 숙식을 해결해야 했다. 당나귀 등에 짐이 실리자 가냘픈 다리가 휘청댔다. 무거워 가기 싫다는 걸 몰이꾼이 회초리를 휘둘러 출발시켰다. 가파른 고갯길이 나오자 당나귀의 울음소리가 커졌다. 회초리가 무서워 억지로 오르면서 뒤로는 똥을 쌌다. 얼마나 힘들면 저럴까? 괜히 죄 없는 짐승만 괴롭히는 것 같아 마음이 무거웠다.

산타크루즈 트레킹의 정점은 '푼타 우니온'이다. 4,750미터 높이의 이 고개를 넘어야만 반대편으로 갈 수 있다. 생전 처음 하는 고산 트레킹이라 넘을 수 있을지 걱정이었다. 천천히 걷는데도 숨이 차고 몸이 돌덩이처럼 무거웠다. 고도가 높아질수록 산소 부족으로 머리가 아파왔다. 지그재그로 난 오르막을 꼬박 다섯 시간가량 걸었다. 그제야 凹 모양의 입구가 보였다. 목적지인 푼타 우니온이었다. 마침내 문을 통과했을 때 눈앞에 장관이 펼쳐졌다. U자형 계곡을 따라 설산들이 병풍처럼 이어지고, 점점이 수놓인 에메랄드빛 호수들이 빛났다. 이곳이야말로 천외천天外天, 즉 하늘 위에 펼쳐진 또 다른 세상이었다.

푼타 우니온을 경계로 한쪽에는 우아리팜파 계곡이, 다른 쪽에는 산타크루즈 계곡이 뻗어 있다. 이 고개를 넘지 않으면 반대편 계곡으로 나아갈 수 없다. 그래서 니체는 이렇게 노래했다.

"사람에게 사랑받아 마땅한 것이 있다면, 그것은 그가 하나의 '넘어가는 과정'이요, '내려가는 과정'이라는 점이다."

고개에 올라서면 또 다른 세상이 펼쳐진다. 그리고 아래로 내려가야만 그 세상 속으로 들어갈 수 있다. 장애물은 인간을 가로막기 위해 있는 것이 아니다. 지금과 다른 세상을 선사하기 위해 존재한다. 이제 왜 산을 오르느냐고 물으면 이렇게 대답하련다.

"다른 세상으로 내려가기 위해서 오른다."

*

사막과 산으로 대표되는 극한의 지형은 여행을 가로막는 '전통적'인 장애물이다. 하지만 교통수단이 발달한 지금은 예전만큼 큰 힘을 발휘하지 못한다. 비행기를 타면 있는지조차 모른 채 지나치곤 한다. 요즘 여행자를 괴롭히는 장애물은 따로 있다. 바로 '공항'이다. 외국에 도착한 여행자의 운명을 판가름할 입국 심사가 이루어지는 곳이기 때문이다. 어느 날 멕시코시티에서 뉴욕행 비행기를 탔다. 뉴욕에 밤늦게 도착해 공항 앞 호텔에서 잠만 자고 아침 일찍 한국행 비행기를 탈 예정이었다. 뉴욕 공항의 입국 심사원이 내 여권을 한참 넘겨보더니 입국이 안 된단다. 전자여행허가제를 통해 허가를 받았다고 말해도 소용없었다. 한국행 항공권을 보여주며 내일 아침 떠날 거라고 말해도 마찬가지였다. 결국 심사원이 내 여권을 들고 나를 안쪽의 사무실로 데려가더니 질문을 쏟아냈다. '너 왜 자꾸 미국을 들락거리냐?', 여행 경비는 누가 주는 거냐?', '이렇게 자주 외국에 다닐 정도로 부자냐?' 등등. 온갖 사생활을 캐묻더니 30분 만에야 입국 도장을 찍어주었다.

다음 날 아침 짐을 꾸려 다시 공항을 찾았다. 이번에는 보안 검색이 문제였다. 뭐가 잘못되었는지 탐지기에서 자꾸 소리가 났다. 그러자 나보고 투명한 유리로 둘러싸인 기계 안으로 들어가란다. 영문을 모른 채 시키는 대로 했더니 기계가 빙빙 돌면서 나를 비추었다. 말로만 듣던 전신 스캐너였다. 사람의 은밀한 신체 부위까지 전부 들여다보이는 이 기계는 인권 침해로 악명 높은 물건이다. 얼떨결에 몸매 자랑을 하고 나서야 내가 무슨 짓을 당했는지 실감 났다. 이처럼 공항은 여행자를 심사하고, 검사하고, 모욕한다. 심지어 입국을 거부함으로써 여행을 깡그리 망쳐 놓기도 한다. 이러니 공항이 여행자의 운명을 좌지우지하는 큰 장애물이랄밖에.

요르단 암만에서 시리아로 넘어가는 국제버스를 탔다. 터미널에서 우연히 20대 초반의 한국인 여성 B와 동행이 되었다. B는 국경으로 가는 내내 불안해했다. 이스라엘을 다녀왔기 때문이다. 중동의 이슬람 국가들은 이스라엘을 적성국으로 간주한다. 그중에서도 시리아는 이스라엘에 다녀온 외국인의 입국을 불허한다. 이스라엘도 이런 사정을 알아서 여권에 입출국 도장을 찍지 않고 별도의 카드를 발급해 처리한다. B도 여권에는 아무 흔적이 남아 있지 않았다. 국경에 도착해 내가 먼저 심사를 받았다. 당연히 무사통과. 이어서 B가 여권을 내밀자, 잠시 살펴보던 심사원이 여권을 카운터 밖으로 휙 내던졌다. "넌 이스라엘 다녀왔으니 입국 안 돼"라며. 도대체 어떻게 안 걸까? B가 이스라엘에 간 적 없다며 필사적으로 매달렸지만, 심사원은 더 이상 처다보지도 않았다. 결국 B는 다른 버스를 잡아타고 암만으로 되돌아가야 했다.

사람들은 우주에서 내려다본 지구에 관심이 많다. 특히 만리장성과 같은 인공적인 구조물이 보이는지 궁금해한다. 우주비행사 월터 시라Walter Schirra는 만리장성은 물론 바다에 배가 지나간 흔적까지 보인다고 증언했다. 이처럼 지구가 잘 보이는데도 결코 볼 수 없는 것이 하나 있단다.

"우주에서 보면 국경 따위는 없다. 인간이 정치적 이유로 마음대로 만들어낸 것일 뿐, 원래는 존재하지 않았다. 그럼에도 그것을 사이에 두고 서로 대립하고, 전쟁을 일으키고, 죽인다. 이건 슬프고도 어리석은 짓이다. (…) 아무리 싸워도, 그 가운데 누구도 지구 바깥으로 나갈 수는 없다."

세계 지도를 보면 땅 위에 복잡한 국경선이 그어져 있다. 하지만 우주에서 내려다본 지구에는 그 어떤 인위적인 선도 없다. 원래 지구는 하나다. 그리고 인류는 지구라는 행성에 갇힌 채 아등바등 살다가 죽는 미약한 존재다. 그래서 나는 꿈꾼다. 총칼을 들고 대립하는 국경이 사라진 지구를. 인종과 종교로 배척하는 독선이 무너진 세상을. 빈부와 성별로 차별하는 편견이 깨어진 사회를. 그래야 진정 자유롭게 여행하는 시대가 올 테니까.

나, 얼치기 순례자

태양의 피라미드를 오른다. 대홍수로 태양이 사라져 세상은 어둠에 휩싸였다. 빛이 없으면 생명도 없다. 세상을 부활시키려면 새로운 태양이 필요하다. 지금 피라미드 꼭대기로 신들이 모여들고 있다. 신 중 한 명이 신성한 불꽃 속에 몸을 던져야 한다. 태양은 신의 희생을 통해서만 다시 태어나니까. 누가 태양과 목숨을 바꾸게 될까? 혹시 내가 선택되는 건 아닐까?

여기는 멕시코의 테오티우아칸. 이곳을 처음 발견한 아즈텍인은 놀라움을 금할 수 없었다. 도시 안에 거대한 피라미드가 세워져 있었기 때문이다. 이런 건축물을 인간이 만들었을 리 없었다. 그래서 이곳에 '신들의 도시'라는 이름을 붙였다. 그리고 이 도시에서 현재의 세상이 시작되었다고 믿었다. 태양의 피라미드 꼭대기에서 나나우아친 신이 화염 속에 몸을 던졌다고. 신의 희생으로 태양이 부활하자 세상에 새로운 삶이 시작되었다. 신이 인간을 재탄생시켰기 때문일까? 인간은 신을 찾아 세상을 떠돈다. 신만이 내가 누군지 말해줄 수 있다는 듯이. 이렇게 신을 찾아 떠나는 여행을 '순례巡禮'라고 부른다.

제임스 프레이저James George Frazer는 《황금가지》에서 '한번 접촉한 물건은 접촉이 끝난 후에도 시간과 공간을 뛰어넘어 지속적으로 영향을 미친다'고 주장했다. 이런 효과를 '감염주술'이라고 부른다. 십자가에 못 박힌 예수의 피를 받았다고 전해지는 성배聖杯를 예로 들어보자. 예수가 누구인가? 하나님의 독생자이자 인류를 위해 목숨을 바친 메시아다. 예수의 피가 담겼던 성배라면 분명 특별한 힘이 남아 있을 테다. 성배를 손에 넣으면 기적을 일으키던 예수의 능력을 나누어 받을 수 있지 않을까? 과학의 시대를 살고 있는 현대인에게 감염주술은 허황된 이야기처럼 들린다. 하지만 일상생활을 관찰해

보면 그렇지도 않다. 사망한 가족의 유품을 버리지 못한 채 간직하고, 유명인이 사용했던 물건을 경매로 사들이며, 연모하는 사람과 접촉한 손을 씻기 아쉬워한다. 전부 감염주술의 발로다. 순례자 중에도 감염주술의 효과를 기대하는 사람이 많다. 신이 머물던 장소에서 신이 사용했던 물건을 만지면 '무언가'를 얻을 수 있다고 믿는다. 신의 은총이든, 소원의 성취든, 죄악의 속죄든.

멕시코의 신을 만나보려고 태양의 피라미드를 올랐다. 꼭대기까지의 높이는 66미터. 세계에서 세 번째로 큰 피라미드다. 신은 큰 걸 좋아했나 보다. 아니면 체력이 좋았거나. 회의 한 번 하겠다고 저 높은 곳을 오르내렸다니. 힘겹게 꼭대기에 이르자 가부좌를 틀고 앉은 사람이 보였다. 눈을 지그시 감은 채 명상에 빠져 있다. 신의 숨결을 느끼려는 순례자였다. 나도 얼른 흉내를 내보았다. 신들이 만든 태양이 머리 위에서 작열했지만, 정작 신은 아무 말이 없었다. 내가 영감이 떨어져 못 듣는 걸까? 결국 신과의 접속에 실패하고 눈을 떴다. 문득 궁금했다. 만약 내가 신이라면 나 같은 얼치기 순례자를 어떻게 볼까? 먼 이국에서 만나러 왔다며 기특해할까?

아니면 초면에 공짜로 힘을 달라니 뻔뻔하다고 여길까?
허겁지겁 피라미드를 내려왔다. 갑자기 마른하늘에 벼
락이라도 칠 것 같아서.

*

산티아고 순례길은 예수의 제자 중 한 명인 야고보
의 무덤을 찾아가는 길이다. 중세 시대부터 기독교 3대
성지로 손꼽히며 순례자의 발길이 이어졌다. 도보로 완
주하려면 보통 한 달쯤 걸린다. 파울로 코엘료도 이 길
을 걸은 순례자로 유명하다. 피레네산맥에서 시작해 종
착점인 산티아고 데 콤포스텔라까지 약 800킬로미터
를 걸었다. 그리고 자신의 여정을 소설《순례자》에 담아
냈다. 책 속에 담긴 순례자의 출발 장면이 흥미롭다. 험
난한 여정을 떠날 순례자에게 축복을 빌어주는 의식이
다. 순례자의 몸에 중세풍 모자와 망토를 씌운 후 손에
는 지팡이를 쥐여주었다. "모자는 햇빛과 나쁜 생각들
로부터, 망토는 비와 나쁜 언어들로부터, 지팡이는 적들
과 나쁜 행위들로부터 그대를 보호할 것이니"라며. 현재
의 산티아고 순례길에는 신변의 위험은 거의 없다. 적당

한 거리마다 숙소와 레스토랑도 마련되어 있다. 한마디로 '순례 코스'가 잘 짜여 있는 셈이다.

그래도 먼 길을 걸어야 해서 많은 사람이 육체적 고통을 호소한다. 끝까지 완주하지 못하고 중도에 포기하는 사람도 부지기수다. 요즘엔 기독교도가 아닌 사람도 많이 참여한다. 왜 믿지도 않는 종교의 성지를 가겠다며 고생을 자처하는 걸까? 순례길을 걷는 사람은 각양각색이다. 평생 일하던 직장을 그만둔 은퇴자, 일에 지쳐 장기 휴가를 얻은 직장인, 학교를 졸업하고 진로를 모색 중인 청년, 집에서 살림하다 나이 든 전업주부까지. 그래도 막연하게나마 순례자들이 지닌 공통분모는 있다. 바로 '잃어버린 자신을 찾고 싶다는 열망'이다.

코엘료는 이를 '자아의 신화'라고 불렀다. 자아를 찾기 위한 순례의 핵심은 길 위에서 펼쳐지는 고난과 역경이다. 이 과정에서 나를 성장시키는 것이 목적이다. 코엘료는 "자아의 신화를 이루어내는 것이야말로 이 세상 모든 사람들에게 부과된 유일한 의무"라고 주장했다. 우리의 삶은 자아의 신화를 만들어가는 과정이며, 그 속에서 발견될 보물은 '성장한 자아'라며. 자아의 신화 열

풍은 지금도 거세다. 그 바람에 산티아고 순례길은 자아를 찾으러 온 이들로 북적인다. 성수기에는 몰려든 순례자들로 숙소가 부족할 정도다. 역설적이게도 자아에 집중한 탓에 순례길 자체의 의미는 많이 퇴색되었다. 순례길 끝에 묻힌 야고보가 어떤 인물인지도 그다지 중요치 않다. 스페인 북부의 아름다운 풍경 속을 함께 걸어갈 동행이 중요할 뿐이다.

*

자아를 찾는 여행은 전통적인 의미의 순례와는 거리가 있다. 자아를 강조할수록 신과는 멀어지기 때문이다. 야훼가 흙에 생명을 불어넣어 아담을 창조했을 때, 인간은 신의 품에서 일체된 삶을 살았다. 하지만 아담과 이브가 선악과를 따 먹는 순간 비극이 시작되었다. 선악을 구분하는 도덕관념이 끼어들어 인간과 신을 분리시킨 까닭이다. 독립된 자아를 갖게 된 인간은 에덴동산에서 쫓겨나 가시밭길을 걸어왔다. 결국 선악과에서 비롯된 자아야말로 모든 불행의 씨앗인 셈이다. 그런데 인간의 영혼은 신의 품에서 느꼈던 만족감을 여전히 기억한다. 그래서 신과 함께였던 시절로 돌아가기를 갈망한다. 하지만 이성과 도덕으로 무장한 자아가 길을 가로막는다. 자아가 강할수록 신은 더욱 멀어진다. 그럼 신과 자아, 두 마리 토끼를 한꺼번에 잡을 방법은 없는 걸까?

니코스 카잔차키스Nikos Kazantzakis는 평생 신을 찾아다닌 인물이다. 그가 쓴 《영혼의 자서전》에 이슬람교 탁발승을 만난 이야기가 실려 있다. 카잔차키스가 탁발승에게 신을 어떻게 부르느냐고 물었다. 탁발승은 신에게는 이름이 없다고 대답했다. 신은 이름으로 얽어매기에는 너무 크다고. 이름은 감옥이고, 신은 자유라고. 하지만 카잔차키스는 납득할 수 없었다. 기도를 드리려면 신의 이름이 필요했기 때문이다. 그래서 재차 묻자 탁발승이 말했다.

"'아!' 나는 신을 그렇게 불러요. 알라가 아니라 '아!'예요."

우리는 신에게 이름을 붙였다. 야훼, 알라, 부처라고. 하지만 이름을 붙이는 순간, 신은 나와 분리되어 하늘로 올라가버린다. 마치 선악과를 따먹은 아담이 야훼에게서 떨어져 나갔듯이. 탁발승은 신에게 이름 붙이길 거부

하고 "아!"라고 경탄할 뿐이었다. 그 순간 자아의 분별심은 사라지고, 신은 나와 하나가 된다.

　이집트에서 이슬람 신비주의의 춤인 '수피댄스'를 본 적이 있다. 터키에서는 '듣는다'는 뜻인 '세마'라고도 부른다. 춤을 통해 뭘 듣는다는 걸까? 남성 무용수가 악사의 연주에 맞추어 춤을 추는데 복장이 재미있다. 형형색색의 장식이 들어간 커다란 치마를 입는다. 춤은 매우 단순하다. 제자리에서 빙글빙글 돌 뿐이다. 그런데도 도는 속도가 매우 빠른 데다 멈추지 않고 한 시간이나 지속된다. 나 같으면 열 바퀴도 못 돌고 쓰러질 텐데. 눈으로 보면서도 믿기질 않는다. 빠른 속도로 회전하는 바람에 치마가 원형으로 펼쳐진다. 마치 알록달록한 팽이를 위에서 내려다보는 것 같다. 더욱 놀라운 건 무용수의 표정이다. 어지럽지도 않은지 입가에 환희의 미소를 띠고 있다. 끝없이 반복되는 회전 속에서 무용수는 무아지경에 빠진다. 몸과 정신이 하나 된 황홀경 속에 신이 모습을 드러낸다. 춤이라는 행위를 통해 신과 교감을 나누고 그 말씀을 듣는 셈이다. 이 과정에서 자아는 찾아볼 수 없다. '춤추는 사람은 사라지고 춤만 남은' 상태다. 자아를 잊어야만 신의 품에 안길 수 있기에.

*

자아는 신만 멀어지게 한 게 아니다. 인간의 육체도 자아와 분리시켜 버렸다. 르네 데카르트René Descartes는 "나는 생각한다. 고로 나는 존재한다"라고 선언했다. 세상 모든 것을 의심할 수 있어도 그와 같이 의심하고 있는 나의 존재는 의심할 수 없다는 뜻이다. 이 유명한 명제는 근대 서양철학의 출발점으로, 합리성을 강조하는 사고방식의 토대가 되었다. 문제는 데카르트가 강조한 '나'는 육체와 동떨어진 추상적인 존재, 즉 '자아'라는 점이다. 그 때문에 '나'란 우리 몸뚱이 어딘가에 들어 있는 별개의 '무엇'처럼 생각되었다. 이처럼 '자아=나'라는 믿음이 강해질수록 육체의 의미는 퇴색된다. 육체가 자아를 유지하기 위해 필요한 소모품 취급을 받기 때문이다.

하지만 순례자 중에는 육체와 자아의 구별을 부정하는 이들이 많다. 육체의 단련을 통해 자아가 성숙될 수 있다고 믿는다. 바로 '고행苦行'이다. 육체의 고통을 수행의 방편으로 삼는 고행의 대표적인 방법은 '걷기'다. 실

크로드를 걸어서 여행한 베르나르 올리비에Bernard Olivier
는 도보여행의 대가다. 그에 따르면, 장거리 도보여행에
서 가장 힘든 시기는 첫 일주일이다. 신체 기관이 걷기
에 적응할 시간이 필요하기 때문이다. 무거운 배낭을 메
고 하루 종일 걸으면 발, 어깨, 허리, 허벅지, 엉덩이 등
이 익숙해질 때까지 고통을 받는다. 그다지 걷지 않고
살아온 현대인의 몸은 쉽사리 이런 경험을 받아들이지
못한다. 올리비에는 "걷는 즐거움은 그냥 주어지는 것이
아니다"라고 말한다. 하지만 일주일쯤 지나면 몸이 걷기
에 순응한다. 하루 평균 30킬로미터를 걷는 데 익숙해
지면 아예 육체라는 개념을 잊고 만다. 걷는 과정에서
육체가 느끼는 고통은 사라지고, 나중에는 '부드러운 마
약' 같은 기쁨마저 느껴진다. 그래서 여러 종교에서 '걷
기'라는 방식의 순례를 강조한다. 순례자의 입장에서 보
면 '발은 땅을 딛고 있지만 머리는 신 가까이에 가 있는'
셈이다.

걷기보다 몇 배 더 고통스러운 방식도 있다. 티베트에
갔을 때 성스러운 호수로 여겨지는 남초에 들렀다. 호수

로 이어지는 길 위에서 현지인 순례자를 만났다. 그런데 걷는 모습이 영 이상했다. 몇 걸음 걷고 절을 하고, 다시 몇 걸음 걷고 절을 하는 것이었다. 바로 '오체투지五體投地'였다. 오체투지는 부처님께 올리는 큰절이다. 양 무릎, 양 팔꿈치, 이마가 땅에 닿는 까닭에 이런 이름이 붙었다. 자신을 무한히 낮춘다는 의미에서 대지에 온몸을 던지는 것이다. 티베트인이 평생 꼭 한번 들르고 싶어 하는 성지가 몇 군데 있다. 가장 대표적인 곳이 수도인 라싸와 성산聖山 카일라스다. 라싸에서 카일라스까지의 거리는 약 2천 킬로미터. 멀고 먼 이 길을 순례자들은 오체투지로 걷는다. 짧으면 몇 개월, 길게는 1년 이상 걸리는 대장정이다. 그렇다고 이들이 이름 높은 고승도 아니다. 그냥 평범한 불교 신자들이다.

남초에서 만난 순례자는 중년 남자였다. 길바닥에 쓸린 옷자락은 누더기처럼 여기저기 구멍이 뚫렸다. 밤송이처럼 짧은 머리카락에는 황야의 먼지가 수북했다. 널찍한 이마 한가운데에 거무튀튀한 혹이 솟아 있었다. 얼마나 땅에 이마를 찧었으면 굳은살이 다 박였을까? 남자는 오체투지를 하며 몸을 미끄러지듯 앞으로 내밀었

다. 팔다리를 쭉 뻗어 몸을 일자로 만든 다음, 손에 든 염주를 맨 앞에 살며시 내려놓았다. 몸을 일으킨 후에는 염주가 놓인 자리까지 걸어갔다. 그리고 그 자리에서 다시 절을 했다. 염주는 절한 거리보다 더 나아가지 않기 위한 표식이었다. 한 걸음도 거저 가지 않겠다는 의지의 표현이었다. 머나먼 남초를 향해 걷고 있었지만 도착하는 데 집착하지 않았다.

순례자의 모습에 감동해 오체투지를 따라 해보았다. 나는 겨우 세 번 하고 포기했다. 땅에 닿은 팔꿈치와 무릎이 아파 저절로 신음이 새어 나왔다. 이마에 붙은 흙먼지가 얼굴로 쏟아져 내렸다. 무엇이 이런 고행을 가능케 하는 걸까? 왜 자진해서 고통을 감내하는 걸까? 불교 신자인 티베트인은 '육도윤회六道輪廻'를 믿는다. 평생 지은 업에 따라 지옥, 아귀, 축생, 수라, 인간, 천상의 여섯 세계를 떠돈다는 세계관이다. 천상에 가도 윤회는 끝나지 않는다. 천상에 사는 신도 언젠가는 죽음을 맞이하기 때문이다. 육도윤회의 수레바퀴는 영원히 돌아간다. 그래서 티베트 순례자들은 오체투지를 하며 기도한다. 다음에 더 나은 생을 받을 수 있기를. 윤회의 고리를 끊고 해탈할 수 있기를. 세상의 모든 중생이 평안하기를.

오체투지는 고통스럽다. 하지만 티베트 순례자들은 고통을 두려워하지 않는다. 그들이 두려운 건 고통 자체가 아니라, 고통이 아무 의미 없게 되는 것이다. 오체투지는 절 한 번 한 번이 깨달음을 위한 수행이며, 더 나은 삶을 위한 도약이다. 심신의 극한 상황에서 욕망으로 불타던 자아는 사라지고, 텅 빈 자리에 신불神佛이 내려와 깃든다. 고행은 나를 자아와 육체의 구별이 사라진 경지로 인도한다. 신과 자아와 육체가 하나로 녹아드는 전일적全一的인 체험이다.

*

순례는 신을 만나러 가는 길이었다. 하지만 니체가 "신은 죽었다"고 선언한 이래 사람들은 새로운 신을 찾아 방황했다. 그리고 찾아낸 신이 바로 자아다. 오늘도 수많은 이들이 자아를 찾으러 길 위에 오른다. 하지만 순례에 부정적인 시각도 있다. 특히 고행은 득보다 실이 많다고 주장한다. '자아를 마치 길들여야 하는 동물처럼 취급하는 태도'가 문제라는 지적이다. 현대판 고행에는 산티아고 순례길 같은 도보여행은 물론이요, 자전거를 타고 히말라야를 넘거나 카누를 저어 대양을 건너는 '스포츠 여행'도 포함된다. 육체의 한계에 도전하는 이런 여행은 대부분 의학적인 질병을 유발한다. 발바닥에 물집이 잡히고, 무릎 연골이 닳아 없어지고, 탈수와 영양부족에 시달린다. 때로는 목숨까지 위협하는 고행은 '스스로를 벌하는 행동'일 뿐이란다.

하지만 자아는 육체와 동떨어진 존재가 아니다. 육체를 가만히 둔 채 자아만 성장시킬 수는 없다. 자아는 육체와 영향을 주고받으며 끊임없이 변화한다. 모든 생명체에게 변화는 피할 수 없는 숙명이기 때문이다. 집에 머물건 길 위를 걷건 나는 부단히 변해간다. 이 과정에서 내가 할 수 있는 일은 하나뿐이다. 변화의 방향을 선택하는 것! 순례자는 길 위에서 자아를 성장시키고 싶은 사람이다. 산을 오르고, 강을 건너고, 광야를 걷는 게 가장 큰 배움이라며.

2장

자유는
생각보다
고달프지만

:
이름 없는 벌거숭이가 되어 　　　　자유
···

　　　나는 초원을 동경한다. 지평선까지 탁 트
인 대지에서 자유롭게 뛰놀고 싶다. 이런 해방감에 매료
된 건 옛사람도 마찬가지였다. 연암 박지원이 사절단에
끼어 청나라에 갔을 때다. 끝없이 펼쳐진 요동 벌판을
지나던 박지원이 갑자기 울음을 터뜨렸다.

　"아기가 태 속에 있을 때는 캄캄하고 막힌 데다 에워
싸여 답답하다가, 하루아침에 넓은 곳으로 빠져나와 손
과 발을 주욱 펼 수 있고 마음이 시원스레 환하게 되니
어찌 참된 소리로 정을 다해서 한바탕 울음을 터뜨리지
않을 수 있겠는가."

　《열하일기熱河日記》에 수록된 〈호곡장론好哭場論〉에 나오는
이야기다. '호곡장'이란 '한바탕 울 만한 자리'라는 뜻이

다. 대평원 앞에서 껍질을 깨고 나온 인간의 첫울음이었다. 드넓은 세상을 향해 마음껏 기지개를 켰으니 얼마나 가뿐했을까? 평생 가슴속에 쌓인 응어리를 울음으로 토해냈으니 얼마나 시원했을까?

아르헨티나에서 볼리비아로 넘어가는 야간버스를 탔다. 한참 자고 있는데 갑자기 배가 아파왔다. 전날 마신 맥주가 원인이었다. 버스 안에 있는 화장실로 갔더니 문이 잠겨 있었다. 운전사에게 물어보니 고장이라 쓸 수 없단다. 아랫배에 힘을 꽉 주고 참느라 식은땀이 흘렀다. 사색이 된 내 얼굴을 본 운전사가 사태의 심각성을 알아채고는 버스를 길가에 세우더니 앞문을 열어주었다. 나는 휴지를 들고 밖으로 뛰어나갔다. 버스가 멈춘 곳은 나무 한 그루 없는 벌판이었다. 땅이 너무 평평해 몸을 가릴 둔덕 하나 없었다. 하는 수 없이 버스 뒤로 달려가 바지를 내렸다.

박지원은 대평원에서 울음을 터뜨렸지만, 나는 벌판에서 생리 작용을 해결했다. 불경스럽다고 말해도 어쩔 수 없다. 울음만큼이나 시원했으니까. 길가에 쪼그리고 앉아 본 풍경을 지금도 생생히 기억한다. 지평선 너머로

먼동이 터오고, 구름 사이로 별들이 반짝였다. 엉덩이를 스치는 새벽바람이 더할 나위 없이 상쾌했다. 몸이 해방되자 정신도 여유를 찾은 셈이었다. 억압된 몸에는 자유가 깃들기 힘들다. 인간은 몸과 정신이 어우러진 존재이기 때문이다. 때로는 몸의 자유가 정신의 자유를 불러일으키는 촉매 역할을 한다. 그래서 여행자는 답답한 도시를 벗어나 초원으로 향한다. 광활한 공간에 몸을 풀어놓으면 정신에도 자유가 깃들기에.

*

여기 뫼르소라는 남자가 있다. 방금 어머니의 부고를 들었다. 하지만 어머니의 죽음이 남의 일이라는 양 무덤덤했다. 장례식에 참석했지만, 관 속에 누운 어머니의 얼굴을 외면했다. 시신 옆에서 담배를 피운 것도 모자라 밤샘 중에 곯아떨어졌다. 어머니가 흙 속에 묻힐 때까지 눈물 한 방울 흘리지 않고 집으로 돌아왔다. 얼마 후 뫼르소가 이웃의 치정 사건에 휘말려 살인을 저질렀다. 재판에 회부된 그는 배심원에게 패륜아로 낙인찍혔다. 어머니 장례식 때도 울지 않은 불효자라고. 결국 그는 사형을 선고받았다. 진짜 죄목은 살인이 아니라 어머니에 대한 '불경'이었다.

뫼르소는 알베르 카뮈Albert Camus가 쓴 《이방인》의 주인공이다. 카뮈는 "우리 사회에서 자기 어머니의 장례식에 울지 않는 모든 사람은 사형 선고를 받을 위험이 있다"라고 말했다. 사회가 '상식'이라고 여기는 행동 규범을 무시하면 뫼르소처럼 죽임을 당한다는 뜻이다. 뫼르소는 어머니의 죽음에서 별다른 슬픔을 느끼지 못했다. 이상한 일이다. 그래도 죄는 아니다. 도리어 슬프지 않은데 억지로 눈물을 짜내는 게 '위선'이다. 우리는 항상 타인의 시선, 사회적 체면, 개인적 이익 등을 신경 쓴다. 그래서 자신의 의사를 솔직히 표현하지 못한 채 포장하고, 과장하고, 숨긴다. 카뮈는 "거짓말이란 단지 사실이 아닌 것을 말하는 것뿐만 아니라, 자신이 느끼는 것 이상을 말하는 것까지도 포함한다"라고 지적했다. 카뮈의 기준대로라면 우리는 항상 위선의 가면을 쓴 채 살아가는 셈이다.

한국인의 이름에는 많은 것이 걸려 있다. 일명 '평판評

^判이다. 한국 사회는 좁아서 몇 다리만 건너면 아는 사람이다. 낯선 사람을 만났다 해도 언행에 신경 써야 한다. 언제 아는 사람의 귀에 들어갈지 모르기 때문이다. 하지만 한국을 벗어나면 평판 따위는 신경 쓸 필요가 없다. 외국에는 나를 아는 사람이 없으니까. 게다가 한국을 떠나는 순간, 이름의 사회적 의미도 변한다. 내 이름은 그저 나를 가리키는 인칭대명사일 뿐이다. 그런데 한국 이름은 발음이 어려워 제대로 알아듣는 외국인이 적다. 이름이 인칭대명사로서의 기능조차 잘 수행하지 못하는 셈이다. 그래서 나는 간단하게 '준'이라고 알려준다. 내가 누군지 알 수만 있으면 되니까.

이름이 의미를 잃을 정도니까 출신, 학력, 직장 따위는 말할 것도 없다. 한국에서 서열을 정해주던 나이도 마찬가지다. 외국에는 호형호제하는 관습이 없다. 여행지에서 만난 사람은 나이에 상관없이 친구일 뿐이다. 나이 차이가 많이 나도 '너_{you}'라고 부른다. 너는 나와 동등한 위치니까 눈치 볼 필요 없다. 존댓말을 안 한다고, 대접을 안 해준다고 화낼 리도 없다. 이처럼 여행지에서는 나를 규정하던 이미지가 모두 사라진다. 나를 얽어매

던 관계도 전부 끊어진다. 나는 이름조차 없는 벌거숭이가 된다. 태어날 때부터 묵었던 때를 싹 벗겨낸 홀가분함이란! 이제 할 일은 하나뿐이다. 내가 원하는 방향으로 '새로운 나'를 만들어가는 것. 이름부터 시작해서 하나씩.

*

니코스 카잔차키스가 쓴 《그리스인 조르바》의 주인공은 떠돌이 광부다. 조르바는 고용주가 될 '나'와의 첫 만남에서 선언했다. 자신이 '인간'이라는 걸 인정해야 한다고. 무슨 뜻이냐고 물으니 대답이 걸작이다.

"자유라는 거지!"

조르바의 선언은 충격이었다. '나'는 아는 건 많지만 행동할 줄 모르는 책상물림이었다. 마을에 사는 과부를 연모하지만, 고백을 못 해 전전긍긍했다. 본능을 이성으로 억눌렀지만, 머릿속은 온통 과부 생각뿐이었다. 한심한 듯 쳐다보던 조르바가 이유를 알려주었다.

"두목, 당신은 긴 줄 끝에 있어요. 당신은 오고 가고, 그리고 그걸 자유라고 생각하겠지요. 그러나 당신은 그

줄을 잘라버리지 못해요. (…) 인간의 머리란 식료품 상점과 같은 거예요. 계속 계산합니다. (…) 가진 걸 다 걸어볼 생각은 않고 꼭 예비금을 남겨두니까. 이러니 줄을 자를 수 없지요."

나를 묶고 있는 줄을 끊어야 진정한 자유가 온다! 그리고 줄을 끊으려면 예비금을 남기지 마라! 조르바가 그렇게 살아온 남자였다. 조르바는 사랑하고 싶을 때 사랑하고, 일하고 싶을 때 일한다. 계산하지 않고 마음 내키는 대로 움직인다. 중요한 것은 오직 현재뿐이다. 과거에 연연하지도 미래를 걱정하지도 않는다. '나'와 조르바의 차이는 단 하나, 원하는 바를 행동으로 옮기느냐 마느냐뿐이었다.

우리 모두는 줄에 묶여 있다. 먹고살아야 하는 일상, 싫어도 만나야 하는 사람, 억지로 따라야 하는 인습 등 수많은 줄이 우리를 칭칭 감고 있다. 그럴 수밖에 없다. 우리는 이런 줄들로 짜인 관계망 속에서 사는 존재, 즉 '인간人間'이니까. 하지만 가끔은 옴짝달싹할 수 없는 그물에서 벗어나고 싶어진다. 그래서 자유를 '탈출'과 동의어로 여기곤 한다. 하지만 탈출은 유효 기간이 짧다. 벗어난 듯해도 금세 다시 구속된 자신을 발견한다. 환경이 변할 때마다 새로운 줄이 뻗어 나와 엉겨 붙기 때문이다.

여행을 떠나면 '완전한 자유'를 얻을 거라고 믿는 사람들이 있다. 물론 외국에 나가면 지금 달려 있는 줄이 대부분 끊어진다. 해방감에 하늘이라도 날 것 같다. 하지만 인간은 혼자 살 수 없다. 어딜 가든 결국엔 사람들과 함께 살아야 한다. 인간에게 관계망과의 접속은 거부할 수 없는 숙명이다. 그러니 '탈출'이라는 방식으로는 자유를 손에 넣을 수 없다. 어차피 모든 줄을 끊는 것은 불가능하다. 자유는 탈출해서 건너갈 저 세상에 있는 것이 아니라, 나를 묶은 줄을 끊는 '지금, 여기'에 있다. 조르바처럼 머리가 아니라 가슴이 시키는 대로 움직여라. 그리고 방해가 되는 줄이 있으면 지금 당장 끊어라. 자유는 '상태'가 아니라 '행동'이다. 매 순간 줄을 끊는 고통스러운 작업을 감내해야 손에 넣을 수 있는.

*

　인간은 누구나 자유를 꿈꾼다. 하지만 자유는 아무나 누릴 수 없다. 자유를 누리려면 자격이 필요하다. 바로 '책임감'이다. 에리히 프롬Erich Fromm은 《자유로부터의 도피》에서 '인간이 자유로부터 도망치려 한다'고 주장했다. 중세 시대 유럽은 왕을 정점으로 한 봉건제 사회였다. 왕 아래 귀족이, 귀족 아래 평민이, 평민 아래 노예가 피라미드 구조를 이루고 살았다. 태어날 때부터 정해진 신분에 따라 주어진 소임을 다했다. 따라서 자신의 삶을 '책임진다'는 의식이 없었다. 윗사람이 시키는 대로 했을 뿐이므로 결과를 책임질 필요가 없었기 때문이다.

　하지만 근대가 되면서 봉건적 신분제가 무너졌다. 행동의 자유가 주어진 대신 결과도 자신의 책임이다. 갑자기 책임을 떠안게 되자 영 부담스러웠다. 이제는 스스로 결과를 예측하고 행동해야 한다. 일이 잘못되면 나에게 피해가 돌아오니 계산하고 또 계산한다. 하지만 아무리 계산을 거듭해도 불안하기는 마찬가지다. 세상에 100퍼센트 확실하게 예측할 수 있는 일은 없으니까. 이제 계산은 큰 부담으로 돌아온다. 계산이 잘못되어 책임질 일이 생길까 봐 두렵다. 그래서 아예 자유를 포기하기도 한다. 바로 '자유로부터의 도피'다.

회사에 다닐 때 중국 시안을 여행한 적이 있다. 준비할 시간이 없어서 여행사의 패키지 상품을 이용했다. 공항에서는 여행사가 수속을 해주었고, 현지에서는 가이드가 일행을 안내했다. 진시황릉에 들어가는 표를 끊어주고, 병마용도 자세히 설명해주었다. 식당에 가면 둥근 테이블 위에 맛있는 음식이 잔뜩 차려져 있었다. 전용 차량을 타고 다니다 밤이 오면 준비된 호텔에서 잤다. 이처럼 패키지여행은 '편하다'. 몸만 편한 것이 아니라 마음도 편하다. 비행기에 타는 순간부터 모든 책임은 여행사의 몫이기 때문이다.

자유여행은 정반대다. 볼거리, 교통편, 식사, 숙소 등 선택해야 할 것이 산더미다. 그리고 선택에 따른 결과는 오롯이 자신의 몫이다. 잘못된 선택 탓에 고생하는 일이 수시로 벌어진다. 그래서 자유여행은 고통스럽다. 기껏 고민해서 결정했는데 '자책'이라는 벌까지 내려지니까. 이런데도 자유여행을 선택하는 이유는 뭘까? 패키지여행은 가이드가 지시하는 대로 행동한다. 결과에 대한 책임도 가이드가 진다. 마치 주인이 시키는 대로 하는 노예처럼. 하지만 자유여행은 내가 모든 것을 선택한다. 결과에 대한 책임도 내가 진다. 내가 여행의 주인이다. 잘못된 선택으로 고통도 받지만, 그마저도 여행의 일부가 된다. 여행 전체가 나의 것이라는 '충만감'이 가슴을 채운다. 자유가 없으면 책임도 없고, 책임이 없으면 충만감도 없다.

*

장 폴 사르트르Jean Paul Sartre는 "인간은 자유라는 형벌에 처해져 있다"라고 말했다. 자유는 고달프다. 해방의 달콤함은 잠깐이고, 정신의 충만함은 늦게 온다. 그래서 자꾸만 자유를 포기하고 싶어진다. 눈앞에 고생길이 훤하니까. 하지만 포기해서는 안 된다. 자유를 포기하면 삶의 주인이 아니라 노예가 되기에. 자유란 무엇을 할지 결정하는 '선택권'이다. 나아갈 길을 스스로 선택할 수 있으면 주인이다. 묶인 줄에 끌려 원치 않는 길을 가면 노예다. 선택이 인간의 가치를 결정한다. 선택에 따른 결과는 중요치 않다. 선택한 순간 자유는 완성되므로.

　　소리에 놀라지 않는 사자처럼

　　그물에 걸리지 않는 바람처럼

　　진흙에 더럽혀지지 않는 연꽃처럼

　　무소의 뿔처럼 혼자서 가라.

　불교 경전인 《숫타니파타》에 실려 있는 경구다. 자유의 길이 고달파 포기하고 싶을 때면 되뇌어본다. 나약한 내가 코뿔소처럼 뚜벅뚜벅 걸어갈 수 있기를 기도하며.

쿠바는 왠지 가고 싶지 않았는데 호기심

티베트는 '세계의 지붕'이다. 평균 해발 고도가 4,000미터에 이르는 불모의 땅이다. 워낙 높아서 가는 길도 험하다. 남쪽에는 히말라야산맥이, 북쪽에는 쿤룬산맥이 가로막고 섰다. 눈 덮인 고개를 넘고, 고원의 혹한을 뚫고, 인적 없는 황야를 걸어야 한다. 사람의 발길을 쉽사리 허락하지 않는 티베트는 예로부터 신비의 땅으로 여겨졌다. 그래서일까? 티베트를 향한 여행자의 동경은 그칠 줄 몰랐다. 가본 사람이 적을수록 궁금증은 더해만 갔다. 하늘과 가까운 그곳의 풍경은 어떨까? 그 땅에는 어떤 사람이 살고 있을까?

요즘은 교통수단이 발달해 지리적 장벽이 큰 의미를 갖지 못한다. 비행기를 타면 티베트의 수도 라싸에 딱 내려준다. 심지어 중국 베이징과 라싸를 잇는 기찻길이 뚫려 있을 정도다. 돈과 시간만 있으면 누구든 갈 수 있게 된 셈이다. 하지만 티베트는 여전히 여행자에게 문턱이 높다. 문제는 복잡한 정치 상황이다. 티베트는 현재 중국의 실효적인 지배를 받고 있다. 1950년 중공군이 국경을 넘어 티베트를 침략했다. 당시 티베트는 별도의 정부를 가진 독립국이었지만, 중국은 '역사적 종주권' 운운하며 자기 땅이라고 우겼다. 티베트인은 억울했지만 달리 방법이 없었다. 중국의 군사력은 불교를 숭상해온 티베트인이 감당하기엔 너무 강력했다. 이후 티베트는 중국에 편입되어 '시짱 자치구西藏自治區'로 불려왔다. 하지만 티베트인은 여전히 독립을 향한 열망을 간직하고 있다. 그 때문에 티베트인에 대한 중국 공안의 감시와 억압이 극심하다.

　나는 어려서부터 티베트 여행을 꿈꾸었다. 하지만 여행에 필요한 것들이 너무 많았다. 외국인이 티베트를 여행하려면 중국 정부가 발행한 별도의 여행허가서가 필요하다. 티베트 상황이 조금이라도 불안하면 당장 여행허가서 발급이 중단된다. 허가에 필요한 조건도 무척 까

다롭다. 외국인은 라싸 이외의 지역을 혼자 여행할 수 없다. 현지인 가이드가 인솔하는 전용 차량을 이용해야 한다. 차량에는 공안이 동승해서 여행자의 행동을 감시한다. 티베트인과의 접촉을 막아 이 땅의 부조리한 상황이 외부에 알려지는 걸 차단하기 위한 조치다. 한마디로 자유로운 여행이 불가능한 곳이다.

외국인뿐만 아니다. 티베트인이지만 절대 그곳에 갈 수 없는 사람도 있다. 티베트의 정신적 지도자인 '달라이 라마Dalai Lama'다. 달라이 라마는 원래 티베트 불교의 수장이자 정부의 국왕이다. 1950년 중공군이 쳐들어왔을 때 달라이 라마는 15세 소년이었다. 중공군은 처음엔 티베트의 자치를 허락하는 척했지만, 점차 노골직으로 야욕을 드러냈다. 신변의 위험을 느낀 그는 1959년 인도로 망명할 수밖에 없었다. 인도 다람살라에 망명 정부를 세우고 비폭력을 통한 티베트의 자치권 획득을 주장해왔다. 그러니 중국이 달라이 라마를 눈엣가시처럼 여길밖에. 달라이 라마는 티베트에 가기를 원하지만, 중국 정부가 허락하지 않는다. 티베트 땅의 주인이 그 땅에 갈 수 없는 아이러니한 상황. 그의 가슴에는 고향에 대한 그리움이 가득하다. 60여 년의 세월 동안 얼마나 많은 것이 변했을까?

정신분석학자 자크 라캉Jacques Lacan은 "인간은 금지된 것을 욕망한다"고 주장했다. 아니, 도리어 '금지가 욕망을 부추긴다'고나 할까? 인간은 이상한 동물이다. 금지가 강할수록 욕망도 강해진다. 티베트와 같은 '금단의 땅'도 마찬가지다. 못 오게 할수록 더욱 가고 싶어진다. 게다가 호기심은 수지가 맞지 않는 장사다. 고생은 빤히 보이는데 얻게 될 대가는 영 모호하다. 그런데도 호기심을 채우겠다며 죽을 고생을 마다하지 않는다. 이 강렬한 열망을 이성으로는 설명할 수 없다. 한번 호기심이 발동하면 다른 수가 없다. 그곳에 다녀오기 전에는 절대 풀리지 않는다. 그래서 여행자는 계속 두드린다. 금단의 문이 열릴 때까지.

*

멕시코에 살 때 쿠바에 다녀온 사람을 여럿 만났다. 멕시코의 동쪽 끝 칸쿤이 쿠바로 들어가는 관문 역할을 하기 때문이다. 하지만 나는 쿠바를 여행하고 싶지 않왔다. 들리는 소문이 별로였다. 숙소는 낡고, 교통은 불편하고, 음식도 부족하다. 게다가 외국인을 봉으로 알고 바가지를 엄청 씌운단다. 그런데 쿠바가 이렇게 된 이유를 알고 나서 마음이 바뀌었다. 쿠바가 가난한 건 미국에게 경제 봉쇄를 당해온 탓이다. 무려 60년 가까이나.

쿠바 아바나 공항에 내리니 여권에 입국 도장을 찍어주지 않았다. 별도의 여행자 카드를 구입해 입국 심사를 받았다. 여권에 쿠바 도장이 찍혀 있으면 미국 입국이 불가능하단다. 미국을 경유하는 비행기도 쿠바에 들어오지 못하고. 초강대국 미국의 입김 탓에 본의 아니게 '금단의 나라'가 된 셈이다. 모든 것은 쿠바 혁명 때문에 벌어진 일이었다. 미국의 꼭두각시 노릇을 하던 바티스타 정권을 몰아내고 사회주의 국가를 세운 것이다. 그러니 미국에게 미운털이 박힐 수밖에. 그런데 역설적이게도 경제 봉쇄가 쿠바의 가장 큰 관광 자원이다. 그동안 외국에서 물자를 들여올 수 없어 모든 것이 낡았다. 경제 봉쇄가 시작된 1960년대의 건물과 자동차가 지금도 고스란히 남아 있다. 시간이 멈추어버린 풍경이 여행자의 호기심을 자극한다고 할까?

그런데 호기심 가득한 내 눈길을 사로잡은 건 따로 있었다. 옛 국회의사당인 카피톨리오 옆을 지날 때였다. 잔디밭에서 교복을 입은 여자아이들이 야구를 하고 있었다. 어찌나 즐겁게 노는지 지켜보던 나까지 따라 웃을 정도였다. 한국 아이들은 학교 끝나자마자 학원에 가서 밤늦게 돌아온다. 자본주의 사회가 강요하는 성공과 경쟁에서 살아남기 위해서. 하지만 쿠바에서는 어딜 가나 아이들이 뛰노는 모습을 볼 수 있다. 어른이 되어서 어떻게 먹고살 거냐는 문제를 떠나 활기찬 아이들이 그냥 보기 좋았다.

쿠바를 여행하는 내내 베레모를 쓴 남자가 나를 쳐다보았다. 우수에 찬 눈빛과 입에 문 시가. 혁명가 '체 게바라Che Guevara'였다. 쿠바에 오기 전까지는 그에 대해 별 관심이 없었다. 그저 쿠바 혁명을 도운 게릴라 전사 정도로 여겼다. 하지만 쿠바 어딜 가나 그의 모습이 눈에 띄었다. 박물관은 물론이고 광장과 거리, 심지어 술집까지도. 당연히 호기심이 일었다. 도대체 어떤 인물이기에 쿠바 사람들이 이토록 흠모하는 걸까?

체 게바라라는 쿠바인이 아니다. 아르헨티나 출신으로 직업은 의사다. 체는 멕시코에서 우연히 반군의 우두머리인 피델 카스트로Fidel Castro를 만났고, 배를 타고 쿠바로 건너와 부패한 바티스타 정권을 무너뜨릴 혁명에 뛰어들었다. 체는 반군의 두뇌 역할을 맡아 전투를 승리로 이끌었다. 혁명을 달성한 후에는 중앙은행 총재와 공업 장관을 맡아 사회주의 쿠바 건설에 힘을 보탰다. 그런데 몇 년 지나지 않아 그가 홀연 사라졌다. 억압받는 민중을 찾아 쿠바를 떠난 것이다. 체는 아프리카 콩고에 갔다가 실패한 후 남미 볼리비아로 향했고, 열악한 환경에서 게릴라 활동을 벌이다 다리에 총을 맞고 생포되었다. 미국 CIA의 사주를 받은 볼리비아군은 몰래 그를 사살해버렸다. 1967년 10월 9일, 그가 39세 때였다.

나라면 혁명이 성공한 후 카스트로 옆에서 부귀영화를 누렸을 테다. 하지만 체는 모든 걸 내던지고 고달픈 혁명의 길로 돌아갔다. 그래서 사르트르는 체를 두고 "20세기의 가장 완전한 인간"이라고 평했다. 그는 죽은 지 50년이 지났어도 여전히 젊은이들의 가슴을 뜨겁게 달군다. "우리 모두 리얼리스트가 되자. 그러나 가슴속에 불가능한 꿈을 가지자!"라고 부르짖은 체는 이상을 위해 모든 것을 불사른 인간이었다.

나는 쿠바에 와서 체에게 푹 빠졌다. 체에 대해 알수록 호기심은 더욱 커졌다. 자서전, 평전, 사진집 등 그와 관련된 책을 닥치는 대로 읽었다. 체가 학창 시절에 오토바이를 타고 했던 남미 여행을 다룬 영화도 빼놓지 않았다. 호기심의 불길은 한번 붙으면 좀처럼 꺼지지 않는다. 땔감을 전부 태우고서야 사그라진다. 나는 이후에도 자주 호기심의 불길을 피워 올렸다. 러시아에서는 도스토옙스키에, 체코에서는 카프카에, 칠레에서는 네루다에, 그리스에서는 카잔차키스에 빠졌다. 세계 곳곳에서 호기심의 불길이 타올라 나와 '누군가'를 맺어주었다. 그리고 그 누군가는 세상을 해석하는 또 다른 눈이 되어주었다.

*

나는 30세가 넘어 스노클링을 배웠다. 바다에 둥둥 떠서 물속을 들여다보노라면 시간 가는 줄 몰랐다. 스노클링을 할수록 궁금해졌다. 바닷속에 들어가면 어떤 기분일까? 나와 같은 궁금증을 가진 사람이 또 있었다. 과학소설의 대가 쥘 베른Jules Verne이다. 베른은 '호기심 대마왕'으로 세상에 궁금한 것이 너무 많았다. 바닷속은 물론이고 땅속과 달나라에도 관심을 보였다. 하지만 당시의 과학 기술로는 탐사할 수 없는 곳들이었다. 그래서 베른은 관련된 자료를 전부 구해 읽었다. 어마어마한 독서량으로도 모자란 부분은 상상력을 동원해 채웠다. 그렇게 탄생한 작품 중 하나가 《해저 2만 리》다.

소설에서 내 눈길을 끈 건 잠수복을 입고 해저의 산호 숲을 산책하는 장면이었다. 지구 표면의 7할은 바다다. 인류는 옛날부터 해산물을 먹고 살아왔지만, 바닷속은 오랜 세월 베일에 싸여 있었다. 물속에서는 숨을 쉴 수 없기 때문이다. 잠수복은 인간의 한계를 극복시켜주는 장비다. 짧은 시간이나마 물속에서 활동할 수 있게 해준다. 요즘은 장비가 발달해서 마음만 먹으면 누구나 물속에 들어갈 수 있다. 베른이 알면 부러워 죽을 일이다. 소설 속 '산호 숲 산책'은 베른의 상상력이 만들어낸 장면이니까. 그는 요트를 몰고 바다 위만 쏘다녔을 뿐 바닷속 세상을 경험한 적은 없었다.

바닷속으로 들어가기 위해 이집트에서 스쿠버다이빙 교육을 받았다. 산소통을 메고 처음 바다에 뛰어들 때 느낀 두려움이란! 물속은 부력이 강해서 무중력과 비슷한 상태가 된다. 물 때문에 동작은 굼뜨지만 행동은 더 자유롭다. 상하좌우 어디로든 마음먹은 대로 이동할 수 있다. 물속에서 몸을 뒤집어 햇살이 부서지는 수면을 올려다보았다. 별빛이 쏟아지는 우주 공간 속을 둥둥 떠다니는 느낌이었다. 중력의 손아귀에서 벗어나 공간을 휘젓고 다니는 해방감이란! 물속에서 숨 쉬는 게 익숙해지자 서서히 바닷속 풍경이 눈에 들어오기 시작했다. 알록달록한 산호들 사이로 열대어들이 꼬리를 흔들며 지나갔다. 바위틈에 곰치가 날카로운 이빨을 세우고 숨어 있었다. 갑자기 돌고래 두 마리가 나타나 내 주위를 돌고 사라졌다. 꿈을 꾸는 것 같았다. 바닷속 세상은 수면에서 내려다본 것과 차원이 달랐다. 오리발을 차며 열대어와 나란히 헤엄쳤다. 나는 어느새 한 마리 물고기가 되어 있었다.

스쿠버다이빙을 배운 후 호기심이 새끼를 치기 시작했다. 우선 바닷속에서 본 열대어의 이름이 궁금했다.

아네모네, 라이온, 버터플라이, 피카소, 나폴레옹 등 끝이 없었다. 베른이 왜 그리 많은 물고기를 소설에 등장시켰는지 이해가 갔다. 열대어에 대한 궁금증은 다른 바다 생물로 이어졌다. 거북을 보러 필리핀으로 갔다. 지느러미처럼 생긴 다리를 휘젓는 모습이 귀여웠다. 만타가오리를 보러 팔라우로 갔다. 모포처럼 생긴 몸을 펄럭이며 물속을 '날아가는' 자태가 환상적이었다. 고래상어를 보러 멕시코로 갔다. 커다란 입을 벌리고 물을 빨아들이는 동작이 재미있었다. 고래를 보러 아르헨티나로 갔다. 거대한 몸뚱이가 물 밖으로 솟구치는 장면이 경이로웠다. 이렇게 바다 생물에 대한 호기심은 꼬리에 꼬리를 물고 이어졌다. 나는 어느새 호기심의 끈을 부여잡고 전 세계를 돌아다니고 있었다. 호기심은 내게 인식의 지평을 넓혀주는 '인도자'나 다름없었다.

*

호기심이 좋기만 한 것은 아니다. 호기심을 충족하려면 대가를 치러야 한다. 티베트 라싸는 해발 고도 3,600미터의 고산 도시다. 공항에 내려 몇 걸음 걷자마자 어지러웠다. 고산병 증세였다. 머리는 돌덩이를 넣은 듯 무겁고, 조금만 빨리 움직여도 숨이 찼다. 눈에는 실핏줄이 터지고, 코 안에는 피딱지가 앉았다. 입맛이 없어 밥도 안 넘어가는데, 그나마 먹은 것도 소화가 안 되었다. 일단 증세가 나타나면 약도 잘 듣지 않는다. 몸이 적응할 때까지 움직임을 자제하며 쉬어야 한다. 비싼 돈 주고 왜 이런 고생을 사서 하냐는 생각이 절로 들었다.

바닷속도 늘 위험이 도사린다. 스쿠버다이빙을 하다가 부력 조절을 잘못해 갑자기 수면 위로 떠오른 적이 있다. 순간 머리가 핑 돌았다. 약한 잠수병 증세였다. 바닷속은 수압이 높아서 호흡을 통해 몸속으로 들어온 질소가 체외로 빠져나가지 못하고 혈액 속에 녹아든다. 문제는 감압減壓의 과정을 거치지 않고 너무 빨리 수면 위로 올라올 때 발생한다. 혈액의 질소가 기포를 형성하며 몸에 손상을 가하는 것이다. 증세가 심하면 관절 통증, 심폐 기능 저하, 신경계 이상까지 유발한다. 바닷속 구경하려다 몸을 망가뜨린다면 어리석은 짓이 아닐까?

호기심은 양날의 검이다. 새로운 세상을 열어주지만, 위험에 빠뜨리기도 한다. 위험한 줄 알면서도 거부할 수 없는 이유는 뭘까? 호기심이 인간을 비롯한 모든 동물이 지닌 본능이기 때문이다. 모든 걸 잃더라도 끝까지 알고 싶은 치명적인 본능. 호기심은 금할수록 강해지고, 일단 불붙으면 끌 수 없으며, 꼬리에 꼬리를 물고 이어진다. 이러니 호기심의 유혹에 누가 저항할 수 있으랴. 아니, 저항해서는 안 된다. 여행자는 호기심을 먹고 산다. 호기심이란 식욕 덕분에 미지의 세상을 맛볼 수 있다. 그래서 오늘도 여행자는 길 위로 나선다. 탐욕스러운 호기심을 채워줄 양식을 찾아서.

일탈의 대가는 참혹했으나 일탈

인도 북부의 바라나시는 힌두교의 성지다. 한때 '빛의 도시'라 불렸던 이곳에 매년 수백만 명의 순례자가 찾아온다. 나도 바라나시에 꼭 가보고 싶었다. 이곳에서라면 깨달음을 얻을 수 있을 것 같았다. 기대에 찬 마음을 안고 바라나시에 도착했는데, 정신을 차릴 수 없었다. 구시가로 향하는 길은 실로 난장판이었다. 온갖 차량들이 길을 메운 채 먼저 가겠다고 몸싸움을 벌였다. 조금이라도 걸리적거리면 가차 없이 경적을 울려댔다. 틈만 보이면 끼어드니 양보라곤 찾아볼 수 없었다. 중앙선이 없어 반대편 차량이 눈앞으로 달려들기 일쑤였다. 보도에는 장사치들이 좌판을 펼쳐놔 걸어 다닐 공간이 없었다. 하는 수 없이 찻길로 내려섰더니 차가 내 옆을 스쳐 지나갔다. 바라나시는 무질서가 판치는 무법천지요, 소음과 매연으로 가득한 아비규환이었다.

구시가의 좁은 골목으로 들어와서야 탈것들의 위협에서 벗어났다. 깨달음을 얻으러 왔다가 황천길 가는 줄 알았다. 그런데 골목에는 새로운 위험이 도사리고 있었다. 두세 명이 겨우 지나다닐 만큼 좁은 골목은 온통 오물 천지였다. 힌두교에서 신성시하는 소들이 싼 똥 무더기가 바닥에 쌓여 있었다. 소 옆을 지나가는데, 뭔가가 내 팔을 쳤다. 엉덩짝 위로 휘두르던 더러운 꼬리에 맞은 것이었다. 똥을 밟지 않기 위해 바닥을 살피며 걷는데, 머리 위에서 후드득 물방울이 떨어졌다. 깜짝 놀라 올려다보니 전깃줄 위에 앉은 원숭이가 오줌을 누고 있었다. 당최 정신을 차릴 수 없었다. 호텔에 도착하자 한숨이 절로 나왔다. 지나온 길에 무엇이 있었는지 하나도 기억나지 않았다. 밥 먹으러 나가야 한다는 사실이 암담할 지경이었다.

나는 서울에서 나고 자랐다. 현대적인 도시가 제공하는 안전과 청결에 길들여져 있었다. 그래서 바라나시에 가기 전에 걱정했다. 혼돈과 불결의 극치를 맛볼 수 있다는 소문을 익히 들었으니까. 과연 내가 버텨낼 수 있을까? 그래도 도전해보고 싶었다. 내가 어디까지 참을 수 있는지 시험해보고 싶었다. 하지만 바라나시에 도착한 첫날은 좌절이었다. 상상을 뛰어넘는 무질서와 더러움에 속수무책이었다. 서울이라는 익숙한 공간에서 벗어난 일탈의 대가는 실로 참혹했다.

힌두교도들은 바라나시를 관통하는 갠지스강 변으로 몰려든다. 신성한 갠지스강물로 몸을 씻으면 모든 업보가 사라진다고 믿기 때문이다. 그래서 죽을 날이 가까운 사람들이 바라나시를 많이 찾는다. 매일 아침 강에서 목욕하며 다음 생에 더 나은 삶을 받기를 염원한다. 그렇게 죽음을 맞이한 몸은 강변에 마련된 화장터에서 불살라진다. 바라나시에 도착한 다음 날 화장터를 찾았다. 통나무를 차곡차곡 쌓은 장작더미 위에 하얀 천을 두른 시신이 올려졌다. 화장을 돕는 불가촉천민인 '돔'이 장작에 불을 붙였다. 불길에 천이 확 타오르면서 말라비틀어진 몸뚱이가 모습을 드러냈다. 한 시간가량 지나자 살은 전부 타고 앙상한 뼈만 남았다. 장작더미가 무너져 내리며 구멍이 뻥 뚫린 두개골이 바닥으로 굴러

떨어졌다. 돔이 대나무 막대기를 내리쳐 두개골을 으스러뜨렸다. 불길이 잦아들자 남은 뼈들을 주워 모아 갠지스강에 던졌다. 망자의 영혼은 윤회의 길로 들어서고, 육신은 성스러운 갠지스의 품으로 돌아갔다.

화장터에서 돌아온 후 뭔가 달라진 느낌이 들었다. 도로의 무질서도, 골목의 더러움도 어제만큼 싫지 않았다. 내가 소중히 여겨온 몸이 그리 대단한 게 아닌 것 같았다. 인간의 몸은 죽고 나면 한 줌의 재가 되어 자연으로 돌아간다. 그러니 몸이 좀 상해도, 더러운 게 좀 묻어도 큰일 나지 않는다. 자연이 빚어준 몸을 쓰다가 때가 되면 다시 되돌릴 뿐이니까. 이후 바라나시의 혼돈과 불결에 점차 익숙해졌다. 귓가를 울리는 경적 소리는 잠시 참으면 그만이었다. 오줌이나 똥이 몸에 묻으면 씻으면 될 일이었다. 그런 것들 때문에 마음의 평화를 잃는 어리석음을 저지르고 싶지 않았다. 바라나시는 도시에 길들여진 영혼의 '시험대'였다. 몸에 대한 집착을 뛰어넘어 삶과 죽음에 집중하게 만들었다. 이처럼 낯선 세상으로의 일탈은 영혼에 큰 울림을 선사한다.

*

A와 함께 볼리비아 라파스에서 장거리 버스를 탔다. 오늘 중에 고원 지대를 내려가 칠레의 항구 도시 아리카에 도착할 예정이었다. 가이드북을 읽고 있는데, '라우카 국립공원'이라는 지명에 눈길이 갔다. 두 개의 눈 덮인 화산이 멋있다는 말에 구미가 당겼다. 아리카로 가는 길 중간에 있는 '푸트레'라는 마을에 내리면 구경할 수 있단다. 버스 차장에게 부탁해 푸트레 근처에서 내렸다. 버스를 타고 가다 충동적으로 내린 적은 이때가 처음이었다. 버스가 떠나고 나니 황량한 도로변에 우리만 덜렁 남겨져 있었다. 사방을 둘러봐도 마을 같은 건 보이지 않았다. 도로 옆으로 좁은 길이 나 있어 배낭을 메고 걷기 시작했다. 10분쯤 걸었을까? 뒤에서 승용차가 나타났다. 나도 모르게 손을 흔들며 "푸트레!"라고 외쳤다. 차가 멈추더니 어서 타란다. 얼떨결에 히치하이크를 해버린 셈이었다. 운전자는 콧수염을 기른 멋쟁이 아저씨였다. 푸트레에 웬일로 왔냐고 물어서 화산 보러 왔다고 하니 신기한 듯 쳐다본다. 동양인이 자주 오는 곳이 아니란다. 아저씨는 마을 레스토랑 앞에 우리를 내려주

고 갔다. 행운을 빈다면서.

푸트레는 10분이면 돌아볼 정도로 작은 마을이었다. 관광객이 많지 않아 숙소도 하나뿐이었다. 마을 주민에게 물어 '파차마마'라는 호스텔을 찾아갔다. 대문을 들어서는데 빨랫감을 잔뜩 안은 남자가 마주 왔다. 세탁소에 들렀다 올 테니 잠시 기다리란다. 햇볕이 내리쬐는 중정에 앉아 있는데 고양이 한 마리가 나타났다. 얼룩덜룩한 털에 덩치가 큰 수컷이었다. 고양이를 무서워하는 A는 벌써 얼어붙어 있었다. 눈치를 보던 고양이가 A의 무릎 위로 펄쩍 뛰어올랐다. A가 이를 악물고 비명을 참는 게 보였다. A의 허벅지가 편안했던지 고양이는 눈을 감고 졸기 시작했다. 30분쯤 지나서 아까 그 남자가 돌아왔다. 그의 이름은 알레한드로. 큰 키에 비쩍 마른 칠레인이었다. 고양이 세보와 단둘이 호스텔을 운영 중이란다. 파차마마는 원주민어로 '대지의 어머니'라는 뜻이다. 그런데 혈기 왕성한 사내와 수컷 고양이뿐이라니 좀 어색했다. 젊은 남자가 어쩌다 이런 오지 마을까지 흘러들었을까?

다음 날, 투어를 이용해 라우카 국립공원을 구경했다.

하루 종일 화산과 호수를 보고 다녔다. 황량한 고원 지대의 풍광에 가슴이 뻥 뚫렸다. 그런데 투어가 끝날 무렵 엔진이 고장 나서 차가 길가에 서버렸다. 결국 자정을 넘겨서야 호스텔로 돌아올 수 있었다. 아침에 일어나 알레한드로에게 말했더니 별일 아니라는 표정이다. 워낙 낡은 차량이 많아 고장이 자주 난단다. 세보는 이미 A의 허벅지에 올라와 베이컨을 얻어먹고 있었다. A는 파차마마에 며칠 머물더니 고양이에 대한 두려움을 완전히 털어냈다. 이제는 어찌나 주물러대는지 세보가 귀찮아 피해 다닐 지경이었다. 알레한드로가 식사 중에 불쑥 푸트레에 오기 전 이야기를 꺼냈다. 도시에서 한국인 사장이 운영하는 가게에서 일을 했단다. 씁쓸한 표정으로 말을 아끼는 걸 보니 일이 고되었던 모양이다. 알레한드로는 팍팍한 도시가 싫어 한적한 이곳을 찾아왔다. 손수 호스텔을 짓고 손님을 맞이했다. 그러자 여행자들이 찾아와 세상 이야기를 들려주었다. 가끔 외로울 때도 있지만 괜찮단다. 친구 세보가 있어서.

아리카행 버스에서 중도에 내렸던 건 최고의 선택이었다. 아름다운 풍경은 물론이고, 알레한드로도 만나게

해주었으니까. A는 고양이 공포증에서 벗어나 수많은 야옹이 친구들을 사귀게 되었고. 남들이 하는 대로, 가이드북에 실린 대로, 정해 놓은 루트대로 여행하면 점차 따분해진다. 일상이 지겨워 떠났건만, 여행이 다시 일상이 되어버린다. 때로는 '여행으로부터의 일탈'도 필요하다. 평소의 여행 패턴에서 벗어나 충동적으로 일을 벌이는 것이다. 그러면 독특한 삶을 살아가는 사람과의 만남이 길 위에 피어난다. 세상 구석구석에 일탈자들이 숨어 살고 있기에.

*

서양철학에서 일탈을 설명할 때 '클리나멘clinamen'이라는 용어를 사용한다. 고대 로마의 철학자인 루크레티우스Titus Lucretius Carus가 창안한 용어로, '기울어져 빗나감'이라는 뜻이다. 무엇에서 빗나갔다는 말일까? 다수가 따르는 정해진 흐름, 즉 '대세大勢'다. 카우보이가 소 떼를 우리 안으로 몰아넣고 있다고 치자. 선두에 선 소의 인도에 따라 소 떼가 순순히 우리 안으로 들어가기 시작했다. 이런 게 대세다. 그런데 갑자기 소 한 마리가 대열을 벗어나 들판으로 도망쳤다. 카우보이는 소가 대세에서 이탈했다며 욕을 퍼부을 것이다.

클리나멘은 원래 자연과학적인 개념으로, '탈주선脫走線'이라는 의미도 지닌다. 중력이나 관성과 같은 일정한 힘에서 벗어나는 걸 뜻한다. 현실에서는 일상을 지배하는 모든 힘이 이에 해당한다. 개인적인 습관이나 버릇은 물론이고, 사회적인 관습과 전통, 예술적인 사조나 유행 등을 망라한다. 우리가 당연하다 생각하며 무의식적으로 따라 해온 모든 것이랄까? 중요한 것은 일탈이 탈주선이 되려면 단순한 도피로 끝나서는 안 된다는 점이다. 기존 대열에서 벗어난 후 '새로운 선'을 그려야 한다. 세상에 없던 무언가를 '창조'해야만 탈주에 의미가 있다.

폴 고갱Paul Gauguin은 20세기 현대 미술에 큰 영향을 미친 화가다. 원래는 증권거래소에서 일했는데, 인상파 화가들의 작품을 수집하다 보니 직접 그림을 그리고 싶어졌다. 일요일마다 그림을 배우러 다니더니 마침내 결단을 내렸다. 전업 화가가 되겠다고. 가족을 비롯한 주변 사람 모두가 말렸다. 고갱은 아내와 다섯 아이를 둔 가장이었기 때문이다. 고집을 꺾지 않고 끝내 화가가 된 고갱은 당시 유행하던 인상주의 기법부터 시작했다. 하지만 화단의 주목을 받지도, 상업적인 성공을 거두지도 못했다. 이에 고갱은 인상주의에서 벗어난 무언가를 그려보고 싶어졌다. 1891년 고갱은 새로운 그림의 모티브를 찾아 남태평양의 타히티섬으로 떠났다. 인상주의가 지배하는 화단에서 벗어나려는 탈주선의 시작이었다. 타히티의 자연과 원주민은 고갱의 그림에 신선한 영감을 불어넣었다. 고갱은 2년 동안 타히티에 머물며 60여 점의 그림을 그렸다. 자신만만해져 파리로 돌아왔지만, 화단과 대중의 냉담함은 여전했다. 고갱이 타히티에서 그린 그림은 철저히 외면받았다. 결국 고갱은 타히티로 돌아가 가난과 질병에 시달리다 쓸쓸히 생을 마감했다.

그럼 고갱의 탈주선은 실패한 걸까? 고갱의 그림들은 사후에 빛을 발했다. 고갱 특유의 강렬한 색채와 자유분방한 구도가 사람들의 눈길을 사로잡았다. 고갱의 그림에 충격받은 화가들은 인상주의의 깊은 잠에서 깨어났다. 야수파와 표현주의 같은 20세기 미술들이 고갱의 영향을 받아 태동했다. 고갱의 탈주선이 인상주의라는 관성에서 벗어나 미래의 화풍을 창조한 셈이다. 고갱이 타히티로 떠나지 않았다면 이루어낼 수 없었을 성과였다. 일탈은 증명한다. 일상 밖에 신세계가 펼쳐져 있음을. 대세 밖에 창조의 바다가 출렁이고 있음을.

*

현대인은 일탈을 꿈꾼다. 먹고살려고 아등바등하는 일상이 지옥 같다. 꿈을 이룰 시간이 야금야금 줄어드는 게 안타깝다. 이렇게 살다 시들어버릴 거라는 절망감에 짓눌린다. 모든 걸 버리고 떠나고 싶다는 생각이 끓어오른다. 하지만 일탈할 엄두를 내지 못한다. 까딱 잘못해 경쟁에서 밀려날까 봐. 지금 가진 것마저 잃고 도태될까 봐. 고갱의 삶에서 보았듯 일탈은 위험하다. 우선 주류에서 벗어난 삶이 고달프다. 대세에서 벗어나는 순간, 탈주자로 낙인찍혀 차별이 가해진다. 노골적인 무시와 외면으로 자존감에 상처를 입는다. 새로운 것을 창조하고 싶지만, 재능을 펼칠 길이 꽉 막혀 있다. 슬슬 아무것도 이루지 못한 채 끝날 거라는 불안감이 엄습한다. 고되고 외로운 탈주선 위에서 정신과 육체는 지쳐간다.

그러다 실패했다는 좌절감 속에서 죽음을 맞이하기도 한다.

그래서 현대인은 일탈의 꿈을 묻어둔 채 묵묵히 일상을 버텨낸다. 그럼 일탈은 영원히 잡을 수 없는 파랑새인 걸까? 프랑스의 소설가 폴 부르제Paul Bourget는 말했다.

"당신이 생각하는 대로 살아야 한다. 그렇지 않으면 머지않아 사는 대로 생각하게 된다."

일상에 안주한 채 시도조차 하지 않으면 영원히 벗어날 수 없다. 일탈의 파랑새조차 일상에 쫓기느라 바쁠 테니까. 작은 일탈부터 연습해야 큰 일탈도 가능하다. 일탈을 연습하기에 좋은 방법 중 하나가 여행이다. 세상에는 수많은 사람이 살고, 삶은 전부 조금씩 다르다. 나와 다르게 사는 누군가를 보며 깨닫는다. 저렇게도 살 수 있구나. 그리고 희망을 품는다. 나도 저렇게 살 수 있지 않을까? 이렇게 여행은 일탈을 부추기고, 일탈은 다른 삶을 잉태한다. 그러니 꿈만 꾸지 말고 일단 떠나라. 일탈의 꿈에 힘을 실어줄 증거들을 찾으러.

:

내가 걸으면 길이 된다

길

··

현대는 스피드의 시대다. 매끈한 아스팔트 도로 덕분에 전국 어디든 하루 안에 갈 수 있다. 하지만 옛날에는 사정이 달랐다. 빈프리트 뢰쉬부르크 Winfried Löschburg의 《여행의 역사》에는 1721년 독일 남부의 슈베비슈 그뮌트에서 엘방겐까지 여행한 부부가 등장한다. 그들은 월요일 아침 마차를 타고 출발했지만, 한 시간도 지나지 않아 진창에 빠졌다. 일행 모두 무릎까지 빠지는 진창 속에 들어가 마차를 밀었다. 얼마 후 마차가 구덩이에서 뒤집히는 바람에 아내가 찰과상을 입었다. 마차를 갈아탔지만 똑같은 일이 반복되었고, 그때마다 부상자가 나왔다. 진창에서 마차를 꺼낼 때 묻은 오물 탓에 몸에서 악취가 났다. 갖은 고생을 겪은 부부는 수요일 저녁에야 엘방겐에 도착했다. 부부가 실제로 여행한 거리는 약 30킬로미터. 요즘 같으면 자동차로 30분이면 갈 거리를 사흘이나 걸린 셈이다.

근대 이전의 여행은 속도보다는 안전이 우선이었다. 여행 중에 발생한 사고로 인명 피해가 속출했기 때문이다. 이동 중에 경치를 구경하기도 힘들었다. 마차가 어찌나 덜컹거리는지 허리가 부러질 지경이었으니까. 그래서일까? 여행을 뜻하는 영어 단어 'travel'은 고생을 뜻하는 'travail'에서 유래했다. 한마디로 여행은 곳곳에 위험이 도사리는 '고생길'이었다.

*

세상에서 가장 안전한 여행법은 뭘까? 정답은 '도보여행'이다. 두 발로 걸으면 진창에 빠질 일도, 허리 통증에 시달릴 일도 없다. 게다가 도보여행은 잘 보이는 장점이 있다. 영국의 비평가 존 러스킨John Ruskin은 "사람이 아무리 느리게 걸어 다니면서 본다 해도 세상에는 늘 사람이 볼 수 있는 것보다 더 많은 것이 있다"라고 말했다. 나는 매일 동네를 산책한다. 그런데 산책 중에 문득 새로운 걸 발견하곤 한다. 대단한 것은 아니다. '여기 꽃집이 있었네' 뭐 이런 거다. 그런데 눈으로 보고도 믿을 수가 없다. 수없이 지나다닌 길인데 이걸 보지 못했다니⋯⋯. 누구나 이런 경험이 있다. 보면서도 보지 못하는. 때로는 걷기도 너무 빠르다. 하지만 다른 교통수단은 걷기보다 더 빠르다. 그리고 빠를수록 눈에 보이는 건 줄어든다.

사람은 하루에 얼마나 걸을 수 있을까? 옛날에는 걷기가 일상인 사람들이 있었다. 물건을 실어 나르던 대상隊商이 대표적이다. 베르나르 올리비에는 터키 이스탄불에서 중국 시안까지 1만 2천 킬로미터를 걸어서 여행했다. 중앙아시아를 횡단한 실크로드 대상들의 발자취를 따랐다. 하루에 이동한 거리는 약 35킬로미터. 사람이 대략 한 시간에 4킬로미터를 가므로 하루 여덟 시간 이상 걸은 셈이다. 더 이상 걷기에는 체력적으로 힘든 데다 해가 지기 전에 잘 곳을 찾아야 했다. 그런데 35킬로미터 정도를 걸으면 때마침 잠을 청할 마을이 나타나곤 했다. 올리비에는 말했다.

"이 거리는 우연하게 정해진 것이 아니다. 대상들은

하루에 30에서 40킬로미터, 즉 짐을 실은 낙타의 느린 걸음으로 아홉 시간에서 열 시간을 걸었던 것이다. 자동차가 거리를 단축하기 전까지, 숙소가 있던 도시들은 낙타가 하루 이동할 거리 정도에 위치하고 있었다."

낙타 등에 짐을 실은 대상이 고삐를 쥐고 그 옆을 걷는다. 하루해가 질 때쯤 도착한 곳에 잠자리를 마련한다. 그곳에 들르는 대상이 많아지면서 자연스럽게 숙박 시설이 갖추어진다. 결국 실크로드 위의 마을은 사람의 걸음에 맞추어 형성된 셈이다. 만약 이 길을 자동차로 달리면 어떻게 될까? 시속 100킬로미터로 여덟 시간을 달리면 800킬로미터를 간다. 그 사이 대상들이 머물던 마을이 20개 정도 창밖으로 휙 지나간다. 그래서 지금은 실크로드 위의 마을이 많이 사라졌다. 자동차가 등장하면서 '하루 거리'의 개념이 바뀌었기 때문이다. '속도'가 길 위의 마을들을 빠르게 지워가고 있다.

*

현대인에게 자동차는 필수품이다. 더구나 요즘에는 운전이 더할 나위 없이 편해졌다. 내비게이션 덕분에 지도를 볼 필요가 없기 때문이다. 예전에는 초행길을 가려면 고속도로는 물론 지방도까지 전부 파악해야 했고, 운전할 때도 길이 맞는지 표지판을 유심히 살펴야 했다. 지금은 내비게이션이 운전자의 위치를 파악해 실시간으로 방향을 알려준다. 그것도 귀에 쏙쏙 들어오는 또랑또랑한 목소리로. 그런데 내비게이션을 이용하면서부터 이상한 현상이 벌어졌다. 여행을 다녀왔는데도 경로가 떠오르질 않았다. 그저 어디 어디 목적지를 들렀다는 기억뿐이었다. 표지판을 보며 다닐 땐 가는 길이 선명하게 머리에 남았다. 다시 방문할 때 지도가 필요 없을 정도로. 하지만 지금은 내비게이션 없이는 여러 번 간 곳도 다시 찾아갈 수 없다. 마치 이동의 과정이 '삭제'된 것처럼.

질 들뢰즈Gilles Deleuze와 펠릭스 가타리Félix Guattari는 《천 개의 고원》에서 '점點'과 '선線'의 이동이라는 개념을 제시했다. 실크로드를 걷는 대상을 예로 들어보자. 대상은 타클라마칸을 비롯한 사막들을 통과해야 한다. 사막에서 가장 중요한 것은 물이다. 따라서 물을 간직한 오아시스가 1차적인 목적지, 즉 점이 된다. 대상은 오아시스에서 오아시스로, 사막 위에 놓인 특정한 점에서 점으로 이동한다. 그러다 보면 대상의 이동은 점들을 잇는 긴 선을 그리게 된다. 하지만 대상의 이동은 점보다는 선에 중점을 둔 여행이다. 대상은 점을 거치지만, 그곳이 최종 목적지는 아니다. 여행에 필요한 물을 얻기 위해 들를 뿐이다. 그래서 들뢰즈와 가타리는 "점들이 경로를 결정하긴 하지만, 자신들이 결정하는 경로에 엄격하게 종속된다. (…) 물이 솟아나는 점에는 놔두고 떠나기 위해 도달할 뿐이다. 모든 점은 릴레이고, 릴레이로만 존재한다"라고 말했다. 대상은 낙타를 끌고 사막 위를 걸으며 선을 만끽한다. 황량한 풍경과 타는 듯한 갈증까지. 그러다 오아시스에 도착하면 점이 제공하는 물을 마시며 휴식을 취한다. 점을 거치지만, 선을 걷는 시간이 압도적으로 길다. 그래서 대상의 여행은 선을 중심으로 점까지 아우르는 여정이다.

하지만 현대인의 여행은 선보다는 점에 무게가 실려 있다. 가장 대표적인 것이 비행기다. 비행기는 공항에서 공항으로 '점프'한다. 일부는 창밖을 구경하지만, 대부분은 닫힌 공간에 가만히 앉아 이동한다. 영화나 게임을 즐기다 비행기에서 내리면 이미 목적지다. 한마디로 이동의 과정을 '생략'한 셈이다. 그래서 프랑스 작가 위고 베를롬Hugo Verlomme은 말했다.

"진정한 여행은 어딘가에 가는 행위 그 자체다. 일단 도착하면 여행은 끝난 것이다. 그런데 요즘 사람들은 끝에서부터 시작한다."

베를롬이 말한 여행은 전통적인 의미의 여행, 즉 선을 중심으로 한 여정이다. 하지만 현대인은 여정을 중시하지 않는다. 아니, 중시할 수도 없다. 길 위에서 시간을 보내기에는 휴가가 너무 짧기 때문이다. 길어야 일주일밖에 시간이 없는 사람에게 길 위의 낭만은 사치일 뿐이다. 그래서 현대인의 여행은 목적지에 빨리 도착해 많이 보는 것, 즉 '관광'에 초점이 맞추어져 있다. 주어진 시간을 최대한 활용하기 위해 이동 시간은 짧을수록 좋다. 비행기는 이동 시간을 비약적으로 단축했다는 점에서 해외여행의 대중화를 선도한 일등공신이다.

*

현대인의 여행은 점에 철저히 종속되어 있다. 이동의

과정이 생략되어 선이 희미해진 반면, 점의 중요성은 여전하기 때문이다. 특히 하룻밤 묵어갈 '숙소'가 말뚝 역할을 한다. 여행자는 목적지에 도착하면 우선 숙소에 가서 짐부터 내려놓고 구경에 나선다. 만약 너무 멀리까지 가는 바람에 숙소로 돌아오는 데 실패한다면 낯선 곳에서, 어두운 밤에, 정보도 없이 잘 곳을 찾는 위험을 감수해야 한다. 바리바리 싸 가지고 온 짐은 풀어보지도 못한 채. 그래서 숙소는 여행 루트를 짤 때 가장 먼저 고려하는 요소다. 구경거리는 숙소에서 반경 '하루 거리' 안에 있어야 한다. 물론 자동차와 같은 교통수단의 발달로 하루 거리가 엄청 늘어난 것은 사실이다. 그래도 숙소로 돌아와야 함에는 변함이 없다. 숙소는 이동의 흐름을 방해하는 가장 큰 걸림돌이자, 통금 시간을 정해 놓고 딸을 윽박지르는 폭군 아버지나 다름없다. 이런 숙소의 손아귀에서 벗어나기 위해 여행자들은 몇 가지 방법을 고안했다. 핵심은 '집'을 가지고 다니는 것이다.

미국인은 캠핑카를 좋아하기로 유명하다. 은퇴 후 캠핑카를 타고 전국 일주를 하는 것이 꿈인 직장인이 많다. 손수 캠핑카를 몰고 옐로스톤 같은 국립공원을 돌아다니는 모습을 상상하며 일상을 묵묵히 견딘다 할까?

캠핑카에는 보통 주방, 욕실, 침실이 갖추어져 있어 호텔이나 레스토랑을 찾아다닐 필요가 없다. 운전을 하다 멈추면 그곳이 오늘의 잠자리이자 식당이다. 한마디로 작은 집을 타고 다니는 셈이다. 또한 달리다 마음에 드는 곳이 있으면 어디든 차를 세우고 시간을 보낼 수 있다. 숙소로 돌아갈 시각에 쫓겨 떨어지지 않는 엉덩이를 억지로 일으킬 필요가 없다. 이동의 자유와 숙식의 편리함을 동시에 누릴 수 있는 최고의 수단이다.

하지만 캠핑카는 아주 비싸다. 가난한 여행자에게는 그림의 떡이다. 그럼 가장 값싸게 집을 가지고 다니는 방법은 뭘까? 바로 '텐트'다. 도시인은 노숙이라고 하면 큰일이라도 날 것처럼 호들갑을 떤다. 하지만 여행자는 노숙에 꽤 익숙하다. 산에 트레킹을 가면 곧잘 노숙을 경험하기 때문이다. 칠레의 토레스 델 파이네 국립공원에서 3박 4일짜리 트레킹에 나섰던 적이 있다. 텐트를 넣은 배낭을 어깨에 메니 내 몸이 전부 가려졌다. 집을 등에 이고 다니는 달팽이처럼. 캠핑장에 도착해 텐트를 쳐 놓으니 왠지 마음이 뿌듯했다. 내 힘만으로 아무 데나 잠자리를 마련할 수 있다니, 두 눈으로 보고도 놀라웠다. 게다가 사람이 살아가는 데 생각만큼 많은 것이 필요치 않다는 걸 깨달았다. 큰 배낭 하나에 필요한 것이 전부 들어갔다. 이 배낭 하나면 어디서든 먹고 잘 수 있었다. 그동안 왜 그리도 집에 매인 채 살아왔는지…….

그런데 텐트에도 치명적인 문제가 있었다. 짐이 너무 무겁다는 것! 트레커의 배낭에는 텐트 말고도 침낭, 식재료, 버너, 코펠 등 먹고 자는 데 필요한 장비 일체가 들어간다. 실제로 내가 멘 짐의 무게는 약 20킬로그램에 달했다. 이런 짐을 메고 하루에 다섯 시간씩 걸으니 체력 소모가 많은 것은 물론이고, 어깨가 빠지는 줄 알았다. 장기간 이런 짐을 메고 이동한다는 건 여행이 아니라 고행에 가깝다. 그래서 고안된 방법이 짐을 메지 않고 '싣고' 다니는 것이다. 오토바이, 자동차 등 다양한 수단이 있지만, 가장 흥미로운 건 역시 '자전거'다.

자전거는 두 발로 페달을 밟아야 해서 걷기 다음으로 힘들다. 자전거가 넘어져 다치거나 타이어가 펑크 나는 일이 수시로 일어난다. 오르막을 오르거나 맞바람이 불

때는 자전거가 도리어 짐이 되기도 한다. 그런데도 자전거를 타고 다니는 이유는 자신의 힘만으로 이동했다는 성취감이 크기 때문이다. 여기에 힘겹게 오른 언덕에서 내려갈 때 즐기는 속도감도 한몫한다. 아무튼 이동의 걸림돌인 숙소에서 벗어나려는 여행자의 아이디어는 계속 진화 중이다. 언젠가 만화처럼 작은 캡슐을 던지면 '뽕' 하고 집이 나타나는 시대가 오기를 기대해본다.

*

들뢰즈와 가타리는 공간을 크게 둘로 나누었다. '홈 파인 공간'과 '매끄러운 공간'이다. 현대인이 자주 이용하는 고속도로를 예로 들어보자. 고속도로의 가장 큰 특징은 일단 올라서기만 하면 멈추지 않고 쭉 이동할 수 있다는 점이다. 신호등도 횡단보도도 없다. 이 점만 보면 고속도로는 매끄러운 공간처럼 보인다. 하지만 고속도로는 정해진 길만 달릴 뿐 옆길로 샐 수 없다. 톨게이트를 제외하고는 빠져나올 구멍이 없기 때문이다. 중앙분리대가 설치되어 있어 반대 차로로 넘어가는 것도 불가능하다. 길을 한번 잘못 들면 돌이킬 방법이 없으므로 다

음 톨게이트까지 무조건 달려야 한다. 게다가 교통량이 증가하면 대책이 없다. 연휴 때면 밀려드는 차 때문에 주차장으로 변해버린 고속도로를 자주 본다. 차를 버리고 걸어 나오지 않는 이상 빠져나올 방법이 없다. 이 모든 것은 옆길로 샐 구멍을 꽉 막아 놓은 탓이다. 그래서 고속도로는 홈 파인 공간이다. 정해진 방향 외에는 어디로도 샐 수 없는.

반대로 매끄러운 공간은 샐 구멍이 수없이 많다. 초원이 대표적인 예다. 물론 초원에도 사람들이 자주 다니는 길이 있다. 하지만 길을 반드시 지킬 필요는 없다. 만약 길에 웅덩이가 생겨 지나가기 힘들다면 얼마든지 우회할 수 있다. 그래서 고속도로 같은 막힘이 없다. 홈이 패어 있지 않은 덕분에 가능한 일이다. 자꾸 옆으로 새다 보면 그 방향으로 새로운 길이 생기기도 한다. 그래서 초원은 매끄러운 공간이다. 가고 싶은 방향으로 어디로든 샐 수 있는.

여행에도 '홈 파인 여행'과 '매끄러운 여행'이 있다. 홈 파인 여행의 대표는 패키지여행이다. 여행사에서 짜준 일정대로, 가이드가 인솔하는 대로 움직인다. 전용 차량을 타고 정해진 일정을 한 치의 오차 없이 실행한다. 만약 관광객이 옆길로 새려 하면 가이드가 제지한다. 일정에 방해가 된다며. 반대로 여행사에서 마련한 일정에 차질이 생겨도 문제가 된다. 가이드가 사전에 고지된 볼거리나 이벤트를 멋대로 건너뛰면 관광객의 항의가 빗발친다. 이미 지불한 돈에 포함되어 있는 것이기 때문이다. 이렇게 패키지여행은 관광객과 가이드 양쪽 모두에게 홈 파인 여행으로 작용한다.

하지만 자유여행은 다르다. 모든 일정을 자신이 짜므로 일정에 차질이 생기면 그때그때 바꾸면 된다. 항상 샐 구멍이 있으므로 매끄러운 여행이 된다. 그런데 자유여행인데도 홈 파인 여행을 하는 사람이 의외로 많다. 자기가 세운 일정을 스스로에게 '강요'하는 탓이다. 일단 여행을 준비하면서 가이드북과 인터넷을 샅샅이 뒤진다. 그리고 꼭 가야 할 곳, 꼭 먹어야 할 음식, 꼭 사야 할 물건 등의 우선순위를 정한다. 여행지에 도착하면 만들어 온 리스트를 채우기 위해 동분서주한다. 리스트가 최우선이어서 다른 것에 눈 돌릴 틈이 없다. 고속도로 위 자동차처럼 정해진 방향으로만 달린다. 만약 계획에서 실행하지 못한 것이 있으면 그 여행은 '실패'로 간주된다. 여행을 일종의 '임무 수행'으로 인식한 탓이다. 스스로 매끄러운 여행을 홈 파인 여행으로 만든 셈이랄까?

*

서울에서 부산으로 출장을 간 적이 있다. 당일에 돌아오는 빡빡한 일정이라 아침 일찍 출발하는 KTX를 탔다. 지난밤 늦게까지 야근한 탓에 내려가는 내내 곯아떨어졌다. 부산에 도착해 일을 본 후 다시 서울행 KTX에 올랐다. 피곤한 몸으로 멀거니 창밖을 내다보며 어서 빨리 서울에 도착하기만 바랐다. 출장은 목적지인 부산에 도착하는 것이 최우선 과제다. 서울과 부산을 연결하는 KTX는 '가장 빠른 길'을 의미할 뿐이다. 당연히 창밖 풍경이나 중간 기착지는 아무 의미가 없다.

하지만 여행자는 출장자처럼 서두를 필요가 없다. 천천히 달리는 무궁화호를 타고 창밖으로 흘러가는 풍경을 감상해도 좋다. 여행은 점에서 점으로 단순히 이동하는 것이 아니라, 점과 점 사이의 선을 체험하는 과정이니까. 또한 여행자는 목적지인 부산까지 바로 내려갈 필요도 없다. 중간에 들르고 싶은 곳이 있으면 언제든 열차에서 내려도 좋다. 마음껏 옆길로 샜다가 내킬 때 다시 부산행 열차에 오르면 된다. 여행자에게는 기찻길이라는 홈 파인 공간에서 벗어날 자유가 있으니까.

그렇다고 매끄러운 공간이 좋기만 한 건 아니다. 때로는 여행자 앞에서 길이 사라지기도 한다. 초원의 길이 그렇다. 비와 바람이 희미하게 나 있던 길을 휩쓸고, 봄이면 새로 돋은 풀이 길을 덮는다. 초원의 길은 걸으면 나고, 걷지 않으면 끊긴다. 그래서 중국의 사상가 루쉰魯迅은 말했다.

"본래 땅 위에는 길이 없다. 누군가 걸어가면 그것이 곧 길이 된다."

그러니 길이 없다고 두려워할 것 없다. 내가 걸으면 그것이 곧 길이니까.

안타깝게도 현대인은 스스로 길을 열어갈 능력을 잃어버렸다. 도시를 거미줄처럼 뒤덮은 도로는 온통 홈 파인 공간이다. 자동차는 도로를 달리고, 사람은 인도를 걷는다. 국가에서 깔아 놓은 길 밖으로 나가는 것은 금지되어 있다. 횡단보도가 아닌 데서 도로를 건너면 무단횡단이고, 마음대로 중앙선을 넘어 차를 돌리면 불법 유턴이다. 자기 멋대로 길을 벗어난 대가는 벌금과 벌점뿐이다. 그래서 여행자는 도시를 벗어나고 싶어 한다. 매끄러운 공간에서 마음껏 뛰놀고 싶어서. 원하는 대로 여정을 그리고 싶어서. 느리게 이동하며 선을 체험하고 싶어서. 이것이야말로 내가 사랑하는 여행법이다.

3장

떠나지 않았다면
만나지 못했을

:

후안의 담배와 하산의 택시

생텍쥐페리는 한때 북아프리카 주비곶에서 일했다. 숙소 한쪽은 거센 파도가 넘실대는 대서양이고, 다른 쪽은 모래바람이 불어오는 사하라 사막이었다. 대화를 나눌 사람이 없어 외로웠던 그는 사막여우 한 마리를 잡아 왔다. 큰 귀가 달린 모습이 앙증맞았지만, 야생성이 살아 있어 무척 사나웠다. 이 녀석을 길들이려면 특별한 방법이 필요했다. 생텍쥐페리가 쓴 《어린 왕자》에 그 방법이 실려 있다. 사막여우가 어린 왕자에게 '관계 맺는 법'을 알려주는 장면이다. 처음부터 친구가 되자고 막 들이대면 안 된다. 참을성을 갖고 기다릴 줄 알아야 한다. 첫날은 슬쩍 다가가 조금 떨어진 곳에 앉는다. 말을 걸어서는 안 된다. 말은 오해를 낳는다. 그렇게 매일 조금씩 거리를 좁혀간다. 충분히 익숙해지면 자연스럽게 말을 섞으며 친구가 된다. '만남'이란 이런 것이다. 존재의 다가감으로 관계가 시작되는.

페루 쿠스코에 갔을 때 날씨가 무척 쌀쌀했다. 해발 3,400미터의 고지대라 초여름인데도 해만 떨어지면 공기가 냉랭했다. 아무리 옷을 껴입어도 냉기가 뼛속까지 파고들었다. 그래서 낮이면 구시가에 있는 아르마스 광장으로 나갔다. 대성당 앞 계단에 앉아 햇볕을 쬐면 몸이 따뜻해졌다. 한참 일광욕을 즐기고 있는데, 10대 후반으로 보이는 소년이 다가왔다. 담배가 담긴 나무 상자를 끈으로 연결해 어깨에 메고 있었다. "담배 필요해요?" 몇 년 전 담배를 끊은 참이라 "아니, 나 담배 안 피워"라고 거절했다.

다음 날에도 광장에 앉아 있는데 소년이 다가왔다. 소년은 "안녕?" 하고 인사를 건네더니 내 옆에 슬쩍 앉았다. 분명 담배 안 피운다고 했는데 왜 또 왔을까? 햇살을 만끽하는 평화로운 시간을 방해받고 싶지 않아서 "나 담배 안 피운다니까"라고 말했더니 "응, 알아요. 그냥 인사하러 왔어요"란다. 할 말이 없었다. 내가 광장을 전세 낸 것도 아니니까. 다음 날도, 그다음 날도 똑같은 상황이 벌어졌다. 물론 소년의 인사말은 갈수록 길어졌다. 어디서 왔냐, 왜 만날 광장에 나와 있냐, 마추픽추는 가보았냐 등등. 하지만 담배 이야기는 결코 입에 올리지 않았다.

이렇게 매일 마주치다 보니 내가 안달이 났다. 왠지 소년의 담배 장사가 걱정되기 시작했다. 외지에 나간 부모님 대신 어린 동생들을 돌보고 있단다. 담배 판 돈으로 끼니를 해결한단다. 어깨에 멘 담배 상자를 볼 때마다 궁금했다. 오늘은 돈을 얼마나 벌었을까? 혹시 끼니를 굶는 건 아닐까? 결국 나는 쿠스코를 떠나는 날 담배를 몇 갑 샀다. 그리고 여행길에서 담배가 떨어진 사람을 만나면 한 대씩 나누어 주었다. 쿠스코에 사는 내 친구 '후안'에게서 산 담배라며.

*

여행자가 외국에 도착해 처음 접하는 현지인은 누굴까? 대부분 관광이나 교통에 종사하는 사람들이다. 이들의 응대에 따라 그 나라의 첫인상이 결정된다. 이집트에 갔을 때 교통편이 불편해 택시를 자주 이용했다. 사실 마음 같아서는 가급적 타고 싶지 않았다. 미터기가 없어서 거리에 따라 택시비를 흥정해야 했기 때문이다. 홍해 바닷가의 후르가다에서 택시를 잡고 "시칼라에 있는 토머스 쿡까지 10파운드에 갑시다"라고 말했다. 기사가 고개를 끄덕이며 타라고 손짓했다. 택시를 타고 나니 그가 아랍어로 계속 말을 건넸다. 알아들을 수는 없었지만, 돈을 더 달라는 눈치였다. 찜찜해서 차를 세우라고 하니 그제야 영어로 "10파운드 오케이!"란다.

목적지에 도착했다고 해서 창밖을 보니 시칼라에 한참 못 미친 곳에 있는 다른 토머스 쿡이었다. 여기가 아니라고, 시칼라에 있는 거라고 말했더니 거기까지는 20파운드란다. 어이가 없었다. 10파운드를 주고 여기서 내리든지, 20파운드를 내고 시칼라까지 가든지 마음대로 하란다. 기사와 옥신각신하던 끝에 경찰서로 가자고 말했더니 호기롭게 그러잖다. 잠시 후 택시가 멈추어서 보니 시칼라의 토머스 쿡 앞이었다. 기사는 별말 없이 10파운드만 받고 나를 내려주었다. 이집트에서 택시를 이용하며 이런 수작을 여러 번 겪었다. 돈을 더 주면 좋고 안

줘도 그만이란 식으로 사람을 계속 찔러본다. 특히 한번 뜯어먹고 나면 다시 볼 일 없는 외국인이 집중 타깃이다. 나는 이집트가 그립다. 거대한 유적과 광활한 사막, 그리고 홍해의 바닷속을 사랑한다. 하지만 막상 이집트에 가려면 망설여진다. 택시 기사와 흥정할 생각만 해도 한숨부터 나오니까.

이집트와 멀지 않지만 시리아는 딴판이었다. 고대 유적으로 유명한 팔미라에 갔을 때, 숙소까지 택시를 탔다. 기사는 인사를 건네며 자신을 '하산'이라고 소개했다. 팔미라의 볼거리와 레스토랑을 안내했을 뿐만 아니라, 내릴 때는 즐거운 여행 하라며 축복을 빌어주었다. 기분이 좋았다. 소개받은 레스토랑에서 먹은 저녁 식사도 만족스러웠다. 하산에 대한 신뢰도는 더욱 높아졌다. 다음 날 길가에서 마주친 하산이 언덕 위로 석양을 보러 가지 않겠느냐고 물었다. 군말 없이 택시에 올랐다. 그가 권하는 풍경이라면 분명 멋질 터였다. 역시나 붉게 물들어가는 팔미라 유적이 무척 아름다웠다.

하산 덕분에 팔미라 구경은 술술 풀렸다. 요금과 관

련한 문제도 전혀 없었다. 하산이 먼저 볼거리와 요금을 말하고, 내가 관심을 보이지 않으면 두 번 권하지 않았다. 팔미라를 떠날 때도 버스 정류장까지 하산의 택시를 이용했다. 그런데 하루에 한 번 하마로 가는 시외버스가 사람이 꽉 차서 정류장을 그냥 지나쳐버렸다. 나는 무거운 배낭을 멘 채 길가에 서서 고민했다. 숙소로 다시 돌아가야 하나 어쩌나……. 그때 하산의 택시가 나타났다. 사정을 듣더니 미니버스로 가는 방법이 있다며 택시에 타란다. 터미널에 도착해 내가 요금을 주니까 이번에는 '공짜'란다. 친구가 곤경에 처했을 때는 그냥 도와야 하는 거라며.

어쩌면 하산은 뛰어난 장시꾼인지도 모른다. 손님의 지갑을 여는 방법을 알고 있다. 하지만 나는 그의 수완이 그저 즐거웠다. 나는 팔미라를 편안히 즐겼고, 하산은 두둑이 돈을 챙겼다. 나와 하산 둘 다 원원하는 길이었던 셈이다. 만약 내가 시리아에 다시 간다면 꼭 팔미라에 들를 테다. 하산의 택시를 타고 노을이 물든 사막 위를 달리고 싶다. 그가 보여준 친절이 이곳으로 나를 이끌었으니까.

티베트인은 독특한 인사법을 가지고 있다. 사람을 만나면 "타시텔레"라고 말하며 모자를 벗고 혀를 쭉 내민다. 처음 보았을 땐 당황스러웠다. 나도 혀를 내밀어야 하나 하고. 이 인사법에는 유래가 있다. 옛날에 랑다르마라는 왕이 살았다. 불교를 탄압하고 소녀들을 희생시킨 폭군이었다. 랑다르마는 항상 모자를 눌러쓰고 입을 다물고 있었다. 정수리에 뿔이 나고 혓바닥이 검었기 때문이다. 결국 폭정을 참다못한 한 승려가 랑다르마를 암살했다. 이때부터 사람들은 인사할 때 모자를 벗고 혀를 내밀기 시작했다. 상대방에게 뿔이 없고 혀도 붉은 보통 사람이란 걸 증명하기 위해서. 이야기를 듣고부터 나도 거침없이 혓바닥을 보여주었다. 아이들 장난 같아서 재미있기도 했다.

집주인이 인사를 나누며 손님 목에 하얀색 천을 걸어준다. 손님에게 축복이 내리길 기원하는 '카다'다. 그러고는 집 안으로 손님을 모셔 와 차와 음식을 대접한다. 이처럼 티베트인은 손님을 무척 환대한다. 이방인에 대한 거부감이 전혀 없다. 이방인이 그들의 삶을 지탱해주는 생명줄이기 때문이다. 티베트인은 찻물에 버터와 소금을 넣은 수유차를 즐긴다. 하루에 보통 40잔 정도를 마신단다. 고도가 높은 티베트는 채소나 과일이 무척 귀해 인체에 필수적인 비타민을 섭취할 방법이 부족하다. 그래서 중국에서 찻잎을 들여와 수유차를 만들어 먹기 시작했다. 그 유명한 차마고도茶馬古道를 통한 교역이다. 말 등에 찻잎을 싣고 팔러 다니는 마방馬幇이 없으면 티베트인은 목숨을 유지할 수 없었다. 그러니 찾아오는 손님을 환대할밖에.

손님을 환대하는 건 티베트인만이 아니다. 유목민 사회라면 어딜 가나 비슷한 관습이 있다. 특히 아랍의 베두인은 낯선 이를 환대하기로 유명하다. 사신을 찾아온 사람이면 설사 적일지라도 한동안 음식과 잠자리를 제공한다. 왜 이렇게 환대를 중시하는 걸까? 내가 베두인이라고 치자. 사막을 여행하다 길을 잃었다. 사막은 냉혹한 땅이다. 길을 잃으면 곧 죽음이다. 타인의 도움 없이는 살아날 방도가 없다. 이럴 때 누군가 나타나 도움의 손길을 내민다면? 평생 고마움을 잊을 수 없을 테다. 핵심은 사막에서는 누구나 곤경에 처할 수 있다는 점이다. 나를 도와준 사람도 사막에서 조난당할 수 있다. 내가 그 사람을 발견해 구해줄 수도 있다. 언제든 구원자와 조난자의 처지가 뒤바뀔 수 있는 셈이다. 그러니 곤경에 처한 사람을 그냥 두고 볼 수 없다. 조난자를 구하는 건 미래의 자기 목숨을 구하는 것과 마찬가지니까.

여행자는 낯선 곳에서 항상 도움이 필요한 상황에 직면한다. 길을 잃거나, 버스를 잘못 타거나, 주문을 못 하거나. 가끔씩 한국에서 곤경에 처한 외국인 관광객을 발견한다. 그럴 때면 그냥 지나칠 수가 없다. 눈빛만 봐도 도움이 절실하다는 걸 알 수 있다. 내가 그런 눈길로 현지인을 수없이 쳐다보았으니까. 그때마다 누군가 내 눈빛을 알아채고 도움의 손길을 내밀었다. 그러니 나도 도와야 한다. 다시 만날 일이 없더라도 지금 최선을 다해야 한다. 그래야 언젠가 나도 따뜻한 도움을 기대할 수 있으므로.

*

여행자는 현지인 구경하기를 좋아한다. 카페나 공원에 앉아 현지인을 유심히 관찰하곤 한다. 여행자는 자

신이 관찰자의 입장이라고 생각하지만 착각이다. 현지인도 여행자를 관찰한다. 특히 아이들이 여행자에게 관심이 많다. 처음 보는 생김새인데 얼마나 신기할까? 멕시코에서 제왕나비를 구경하러 산골 마을인 시에라 친쿠아에 갔다. 저녁에 식사를 하러 나갔더니 공원에 주민들이 모여 있었다. 내가 나타나는 순간 공원에 정적이 흘렀다. 수백 쌍의 눈동자가 나를 뚫어져라 쳐다보았다. 심지어 공사판의 인부들까지 일손을 멈추었다. 타인의 시선에 별로 신경 쓰지 않는 나지만, 이때만큼은 얼굴이 붉게 달아올랐다. 마치 수백 줄기의 스포트라이트를 동시에 받은 느낌이었다.

얼른 길가에 있는 식당으로 들어갔다. 곧 동네 아이들이 식당 입구로 몰려들었다. 밥을 다 먹고 나오자 아이들이 슬금슬금 뒤따라왔다. 쑥스러워 말은 못 걸고 몇 미터쯤 거리를 둔 채였다. 허겁지겁 밥을 먹어서였는지 갑자기 배가 아파왔다. 공중화장실에 들어가 일을 보는데, 문밖에서 아이들 목소리가 들렸다. 설마 하고 고개를 드니 칸막이 문틈으로 눈동자들이 반짝였다. 가라고 손짓을 해도 꼼짝도 하지 않았다. 내가 바지춤을 올리자 그제야 소리를 지르며 도망갔다. 혼내주려고 서둘러 밖으로 나왔지만, 아이들은 이미 코빼기도 보이지 않았다. 그렇게 나는 아이들의 구경거리가 되었다. 어이가 없어 헛웃음만 나왔다. 그래도 기분이 나쁘진 않았다. 내가 언제 이런 스타 대접을 받을 수 있겠는가? 하지만 너무 노골적인 관찰은 실례라는 걸 깨달았다. 신기한 동물 보듯 뚫어지게 쳐다보면 불쾌할 수밖에 없다. 특히 카메라와 같은 장비가 개입될 때 시선의 폭력성은 더욱 도드라진다.

멕시코 원주민인 초칠족이 모여 사는 차물라 마을에 들렀다. 차물라는 유럽 가톨릭과 원주민 주술이 뒤섞인 독특한 종교 의식으로 유명하다. 마침 의식을 드리기 위해 수십 명의 원주민 여인들이 성당 밖에 대기하고 있었다. 이때다 싶어 신나게 카메라 셔터를 눌러댔다. 성당 앞 광장에는 원주민이 만든 물건을 파는 시장도 서 있었다. 그곳에서 두 살쯤 되어 보이는 여자아이 둘이 땅바닥에 앉아 놀고 있는 것을 발견했다. 어찌나 귀여운지 나도 모르게 셔터를 눌렀다. 그 순간 옆에서 비명 소리가 터졌다. 젊은 여인이 화를 내며 처음 듣는 원주민 말을 쏟아냈다. 왜 자기 아이의 사진을 찍었냐고 항의하는 눈치였다. 영문을 알 수 없었지만, 일단 고개 숙여 사과했다. 말이 안 통하니 몸짓으로나마 잘못을 빌어야 했다.

한국에 돌아와서야 그녀가 카메라에 거부 반응을 보인 이유를 알았다. 초칠족은 지금도 사진이 사람의 영혼을 훔쳐 간다고 믿는단다. 하물며 사랑하는 어린 딸에게 그런 짓을 저질렀으니 죽을죄를 지은 셈이었다. 수전 손택Susan Sontag은 《사진에 대하여》에서 "카메라는 사진을 찍는 사람이 사진에 찍히는 사람에게 아무런 책임도 지지 않은 채 도덕적 한계와 사회적 금기를 넘나들 수 있게 해주는 일종의 여권이다. 그 사람의 삶에 끼어드는 것이 아니라 방문하는 것, 바로 그것이 누군가의 사진을 찍는다는 것의 핵심이다"라는 말로 사진의 폭력성을 강조했다. 사진은 순간적이다. 방심하고 있던 피사체는 카메라의 기습을 받는다. 초대하지 않은 손님이 갑자기 현관문을 박차고 들어오는 셈이다. 예고 없는 방문이니 집주인에 대한 예의나 배려 따위는 찾아볼 수 없다. 무작정 들어와서 단 몇 초 만에 폭력을 휘두르고 사라져버린다. 집주인은 한 번 보지도 못한, 어딘가에 영원히 저장될 사진을 손에 쥔 채.

*

에콰도르 바뇨스는 액티비티의 천국이다. 산악자전거, 래프팅, 집라인 등을 싼값에 즐길 수 있어 인기가 높다. 하지만 내가 바뇨스를 찾은 건 여행으로 지친 심신을 달래줄 온천 때문이었다. '바뇨스'가 '목욕탕'이란 뜻일 정도로 온천물이 좋다. 키토에서 버스를 타고 네 시간쯤 달리니 회색 연기를 뿜어내는 화산이 보였다. 지금도 왕성히 활동하고 있는 퉁구라우아 화산이다. 저러니 온천물이 콸콸 쏟아져 나올밖에.

가벼운 등산으로 땀을 흘린 후 온천을 찾았다. 노천탕에서 시원한 바람을 맞으며 피로를 풀 요량이었다. 그런데 탕은 저녁 온천을 즐기려는 손님들로 이미 만원이었다. 옆에 앉은 사람과 어깨를 맞대야 할 정도로 바글바글했다. 겨우 엉덩이를 들이밀고 한 자리 차지하고 앉았다. 모락모락 김이 솟는 탕 안에 온갖 인종이 모여 있었다. 황인, 백인, 흑인에 남미의 원주민까지. 말소리를 들어보니 전 세계 언어가 다 들렸다. 콩나물시루처럼 다닥다닥 붙어 앉아 조잘조잘 떠들어댔다. 처음 보는 사이에도 거리낌이 없었다. 나도 옆에 앉은 아저씨와 이야기꽃을 피웠다. 오늘 뭐 했냐, 밥은 뭐 먹었냐, 자전거가 재밌더라 등등. 뜨끈한 온천물 때문이었을까? 모두의 마음이 헤실헤실 풀어져 있었다.

천문학자인 칼 세이건Carl Sagan은 《코스모스》에서 말했다.

"우리의 DNA를 이루는 질소, 치아를 구성하는 칼슘, 혈액의 주요 성분인 철, 애플파이에 들어 있는 탄소 등의 원자 알갱이 하나하나가 모조리 별의 내부에서 합성되었다. 그러므로 우리는 별의 자녀들이다."

그렇다. 우리는 모두 별의 아들딸이다. 그러니 지구인은 국적, 인종, 종교, 신분, 빈부에 상관없이 모두 나의 형제다. 나는 바뇨스의 노천탕에서 세상에 흩어져 사는 형제들을 만났다. 대지의 어머니가 뿜어낸 양수羊水 속에서 함께 뛰놀았다. 여행자의 만남이란 이런 게 아닐까? 길 위에서 형제를 만나 서로의 가슴을 나누는.

여행 중 사랑에 빠질 가능성   낭만

현대인은 낭만을 좋아한다. 일상에 찌들수록 낭만이란 두 글자에 매달린다. 그래서 요즘 낭만만큼 다양하게 쓰이는 단어도 없다. 특히 여행과 관련한 문구에는 시도 때도 없이 달라붙는다. 하지만 낭만은 포착하기 어려운 오묘한 단어다. 왜 그것에 낭만을 느끼는지 잘 설명할 수 없고, 사람마다 낭만을 느끼는 지점도 전부 다르다. 내가 '낭만적'이라고 느꼈으면 그게 낭만이랄까? 그럼 여행에서 가장 낭만적인 물건은 뭘까? 나에게는 여행 가방이다. 길에서 여행 가방을 든 사람만 봐도 가슴이 설렌다. 저걸 들고 어디로 가는 걸까? 부러운 마음에 자꾸 쳐다보게 된다.

여행 가방은 여정에 대해 여러 가지 힌트를 흘린다. 배낭을 멨으면 도로 사정이 좋지 않은 여행지에 있을 가능성이 높다. 산속을 걸으며 캐리어를 끌 사람은 없으니까. 그래서 배낭이 자유로운 여행의 상징처럼 받아들여지는 때도 있었다. 어떤 곳이건 구애받지 않고 갈 수 있는 차림새이기 때문이다. 반면에 캐리어는 짐을 끌고 다닐 수 있어 편리하다. 대신 포장된 도로처럼 매끄러운 길이어야 한다. 그래서 자연보다는 도시를 여행할 때 선호한다. 캐리어는 무게의 압박이 덜해서 배낭보다 훨씬 다채로운 물건을 담을 수 있다. 심지어 거기에서 평소에 쓰던 베개가 튀어나오기도 한다.

나는 항상 배낭을 즐겨 멨다. 50리터가 넘게 들어가는 등산용 배낭이다. 멜빵이 두툼해서 어깨가 편한 데다 몸통이 좁아 행동이 자유로웠다. 이 녀석과 함께 전 세계를 돌아다녔다. 몇 번의 도난 사건에도 녀석만큼은 무사했다. 들고튀기에는 너무 크고 무거웠겠지. 하지만 시간이 갈수록 무게가 부담스러웠다. 녀석이 살찔 리는 없으니 문제는 나였다. 세월이 나를 점점 약골로 만들었다. 결국 캐리어를 하나 장만했다. 에메랄드색 몸통이 눈에 확 띄는 놈이다. 이제는 도시로 여행을 떠날 때면 캐리어를 끌고 다닌다. 그럴 때마다 옆에 놓인 배낭이 나를 쳐다본다. 이번에도 나는 아니냐고. 미안하다. 너를 메고 갈 날도 곧 올 거야.

러시아에서 여행을 마치고 귀국할 때였다. 공항에서 출국 수속을 하며 일행의 가방을 저울에 올려놓았다. 항공사 직원이 가방에 태그를 붙이고 수속을 진행했다. 문득 그 가방에 금지 품목이 들어 있다는 생각이 스쳤다. 가방을 저울에서 내리고 내 캐리어를 대신 올려놓았다. 물건을 빼는 동안 이 녀석에게 태그를 붙이라고. 그런데 직원이 내가 가방 내리는 걸 못 보았던 모양이다. 내 캐리어에 태그를 붙이지 않은 채 무빙 벨트를 눌러버렸다. 녀석은 맨몸으로 벨트를 타고 달려갔다. 당황해서 "스톱!"을 외쳤지만, 이미 시커먼 구멍 속으로 사라진 후였다. 황당했지만, 금세 찾을 거라 생각해 별로 걱정하지 않았다. 그런데 태그를 붙이지 않아서 어디로 갔는지 알 수 없단다. 그 안에 러시아에서 산 기념품이 잔뜩 들어 있는데…….

탑승 시간에 쫓겨 녀석을 포기하고 비행기에 올랐다. 직원에게 찾아봐달라는 말을 남겼지만 영 불안했다. 며칠 후 러시아에서 녀석을 찾았다는 전화가 왔다. 주인 잃은 가방들의 무덤에서 발견했단다. 내가 말해준 인상 착의가 주요했다. 캐리어 손잡이에 묶어 놓은 파란 손수 건이 눈에 딱 띄었다나. 그렇게 녀석은 한국으로 돌아왔 다. 주인을 잘못 만나 춥고 어두운 창고에서 떨었을 녀 석에게 미안했다. 그래서 약속했다. 보상으로 따뜻한 남 쪽 나라에 데려가주겠다고. 옆에서 배낭이 투덜대는 소 리가 들려왔다. 그래도 할 수 없다. 혼자 집까지 찾아온 녀석이 대견했으니까. 앞으로도 여행을 떠날 때면 배낭 과 캐리어를 두고 고민이 깊어질 테다. 녀석들은 내 서재 구석에 곱게 모셔져 있다. 컴퓨터 앞에 앉아 여행지를 고를 때마다 뒤통수가 간지럽다. 이번에는 누굴 데려갈 지 눈을 부릅뜨고 지켜보는 녀석들 때문에.

*

외국 도시를 여행하다 보면 볼거리가 많아 금세 다리 가 아프고 머리도 복잡해진다. 이럴 때 찾게 되는 것이 '차 한 잔의 여유'다. 잠시 노천카페에 들러 가방을 내려 놓고 뻣뻣해진 다리를 쉰다. 진한 커피 한 잔이 지친 몸에 활력을 불어넣는다. 여기에 달콤한 케이크까지 곁들이면 잠시나마 행복한 기분마저 들곤 한다. 혼자일 때는 대체로 멍하니 앉아 시간을 보낸다. 시간 낭비일 것 같지만 절대 그렇지 않다. 뇌에는 아무런 생각도 하지 않아야 활성화되는 부위가 있다. 일명 '디폴트 모드 네트워크default mode network'라고 불리는 이 부위는 통찰력과 창의성을 높여준다. 결국 멍하니 앉아 차를 마신다는 건 오늘 본 수많은 볼거리 중에서 의미 있는 것을 가려내 새로운 아이디어로 연결하는 활동인 셈이다.

카페에 앉아 여행 일기를 쓰거나 엽서를 적기도 한다. 요즘은 여행을 가서도 SNS를 통해 지인에게 소식을 전한다. 하지만 해외에서 날아온 엽서를 받는 기쁨에 비할 바는 아니다. 외국에서 발행된 우표 위에 날짜 도장이 쾅 찍혀 있는 엽서는 여행지의 정취를 듬뿍 싣고 온다. 나를 떠올리며 한 자씩 손으로 써 내려간 그 사람의 정성까지도. 한참 쓰다 보면 슬슬 주변의 소리가 귀에 들어온다. 현지인들이 삼삼오오 모여 앉아 수다를 떨고 있다. 알아들을 수는 없어도 표정과 목소리에 떠도는 웃음기에 전염되어 절로 미소가 지어진다. 편안히 앉아 현지인을 관찰할 수 있는 이런 이국적인 기회를 마다할 여행자가 과연 있을까?

가끔은 차를 마시고 싶어도 찻집을 못 찾을 때도 있다. 몽골 고비 사막에는 제대로 된 커피를 마실 만한 곳이 없었다. 일주일 내내 봉지 커피로 때우기엔 너무 아쉬워 캐리어 안에 버너, 냄비, 커피 드리퍼 등을 욱여넣었다. 사막에서 캠핑 분위기를 내며 커피나 내려보자는 심산이었다. 밤새 사막의 추위에 떨다가 이른 아침에 눈을 떴다. 침낭에서 부스럭거리며 일어나 버너에 불을 붙였다. 파랗고 작은 불길만으로도 추위가 좀 가시는 것 같았다. 팔팔 끓는 물을 드리퍼에 붓자 구수한 커피 향기가 게르 안을 채웠다. 잠자던 일행들이 향기를 맡고 하나둘 일어났다. 갓 내린 커피를 나누어 주자 추위에 굳었던 얼굴들이 말랑말랑해졌다. 마지막으로 내린 커피 한 잔을 들고 게르 밖으로 나갔다. 이제 막 떠오른 태양이 황금빛 햇살을 사막 위에 뿌리고 있었다. 지평선을 향해 천천히 걸으며 커피를 한 모금 마셨다. 이보다 맛있는 커피를 어디 가서 만날 수 있을까?

차 한 잔의 여유는 음료의 맛보다는 장소에 크게 좌

우되기도 한다. 네팔에서 트레킹을 할 때 일주일 동안 산속을 걸어 안나푸르나 베이스캠프로 향했다. 산소가 부족해 계단을 오를 때마다 가슴이 터질 듯 두근댔다. 씻지 못해 꾀죄죄한 모습으로 4,130미터 높이의 베이스 캠프에 도착했다. 숙소 앞에 놓인 야외 테이블에 앉아 생강차 한 잔을 주문했다. 주변을 둘러보니 안나푸르나의 설산들이 나를 둘러싸고 있었다. 뜨거운 생강차를 마시며 설산들이 눈보라를 피워 올리는 모습을 바라보았다. 지난 일주일의 고생이 눈 녹듯 사라졌다. 이 순간이 너무도 평화롭게 느껴졌다. 그렇게 안나푸르나 베이스캠프는 세상에서 가장 낭만적인 찻집으로 남았다.

*

낭만에는 현실과 다른 세상을 향한 동경이 담겨 있다. 이런 동경을 만족시킬 방법 중 하나가 '과거로의 여행'이다. 지중해 일주를 할 때 아드리아해 연안의 몬테네그로에 들렀다. 바닷물이 내륙 깊숙이 들어온 만灣 끝에 '코토르'라는 마을이 숨어 있었다. 장기 여행 중이라 코토르에 대한 정보가 전혀 없었다. 그저 크로아티아로 건너

가기 위한 경유지였을 뿐이다. 숙소에 짐을 풀고 저녁을 먹으러 구시가로 향했다. 구시가는 돌로 쌓은 견고한 성벽으로 둘러싸여 있었다. 성벽 위로 붉은 조명이 이어져 마을 전체가 불타는 듯 보였다. 성문을 통해 안으로 들어가자 중세 분위기로 가득한 광장이 펼쳐졌다. 더욱 매력적인 건 좁은 골목들이었다. 자갈이 깔린 골목이 거미줄처럼 이리저리 얽혀 있었다. 어둑한 골목을 따라 사람들이 속삭이며 걸어 다녔다. 골목에 자리한 작은 상점들이 창밖으로 은은한 빛을 토해냈다. 나는 마법에라도 걸린 양 골목에서 길을 잃었다. 중세의 파도 속을 둥둥 떠다니는 느낌이었다.

　다음 날 아침 구시가 뒤편의 바위산에 올랐다. 몬테네그로는 '검은 산'이란 뜻으로, 험준한 디나르알프스산맥이 드리운 짙은 그림자 때문에 이런 이름이 붙었다. 가파른 계단 길을 걸어 산꼭대기에 이르니 허물어져 가는 요새가 나타났다. 성벽 위에 앉아 땀을 식히며 산 아래를 내려다보았다. 파란 바닷물이 산 사이를 굽이치며 멀리까지 이어지고, 삼각형 모양의 구시가에는 빨간 지붕들이 빼곡히 들어차 있었다. 비바람에 깎인 바위산, 바닷물에 파인 계곡, 사람 손으로 지은 성벽과 집들. 코토르의 풍경은 자연과 인간이 오랜 세월에 걸쳐 함께 만들어낸 작품이었다.

현대인은 과거로의 여행을 떠나기 위해 먼 곳까지 발품을 판다. 하지만 옛사람들은 그럴 필요가 없었다. 매일 밤 과거로의 여행을 떠날 수 있었기 때문이다. 바로 밤하늘을 수놓은 별을 감상하는 것이다. 우유니 소금사막에 갔을 때 땅바닥에 누워 밤하늘을 올려다보았다. 은가루처럼 뿌려진 별들이 까만 밤을 하얗게 뒤덮었다. 은하수의 뿌연 물줄기가 그 사이를 도도히 흘렀다. 4천 미터가 넘는 고원이어서 별들이 손에 잡힐 듯 총총했다. 우리가 사는 도시에도 매일 밤 별이 뜨지만, 하늘을 뒤덮은 매연 탓에 보이지 않는다. 그래서인지 청량한 공기 속에서 접한 우유니의 별들이 더욱 가슴 시리게 다가왔다.

우리는 눈앞에서 반짝이는 별이 현재의 모습이라고 착각하곤 한다. 하지만 별은 지구와 멀리 떨어져 있다. 태양계에서 가장 가까운 별은 '프록시마 켄타우리'로, 빛의 속도로 달려도 도착하기까지 4년 넘게 걸린다. 별들 중에는 지구에서 130억 광년 이상 떨어진 것도 있다.

지구의 나이가 46억 년쯤 되니까 지구가 탄생하기 훨씬 전에 출발한 별빛이다. 어쩌면 그 별은 이미 수명을 다해 먼지가 되어버렸을지도 모른다. 이처럼 인간이 보는 모든 별은 과거의 모습이다. 별 감상은 헤아릴 수 없이 먼 과거의 존재와 교감하는 우주적 차원의 행위다. 세상에서 가장 오래되고 거대한 낭만이랄까?

*

여행자는 가슴속에 비밀스러운 낭만 하나를 품는다. 길 위에서 누군가를 만나 사랑에 빠지는 것. 겉으로 드러내 놓고 말할 수는 없지만, 그런 로맨틱한 순간이 찾아오기를 내심 기대한다. 1957년에 제작된 〈러브 어페어An Affair to Remember〉는 이런 낭만을 그린 대표적인 영화다. 백만장자 상속녀와 약혼한 니키는 유명한 플레이보이다. 니키는 뉴욕으로 가는 유람선 안에서 테리라는 여성을 만났다. 테리는 호감을 보이며 다가오는 니키가 부담스러웠다. 니키와 함께 식사하는 것만으로도 주변의 시선을 한 몸에 받았으니까. 각자 결혼 상대가 있는 두 사람은 서로를 밀어내려 애쓰지만, 이미 사랑의 파도에 휩쓸린 후였다. 결국 뉴욕에 도착하는 날, 두 사람은 한 가지 약속을 했다. 모든 관계를 정리하고 6개월 후에 다시 만나기로. 장소는 엠파이어 스테이트 빌딩 전망대였다. 뉴욕에 도착한 테리는 애인인 켄이 청혼하자 니키와 사랑에 빠졌음을 고백했다. 켄은 바람둥이 니키와의 결혼이 불행할 거라며 테리를 설득했다. "이성적으로 생각해봐"라고. 그러자 테리는 대답했다.

"사랑을요?"

수많은 로맨스 영화에 영감을 불어넣은 이 작품을 나는 열 번도 넘게 보았다. 그래서 뉴욕에 갔을 때 제일 먼저 엠파이어 스테이트 빌딩으로 달려갔다. 엘리베이터를 타고 꼭대기에 있는 전망대로 올라가자 뉴욕 시내가 한눈에 내려다보였다. 왜 두 사람이 이곳에서 만나자고 했는지 알 수 있었다. 당시 세계에서 가장 높은 이 건물이라면 찾지 못할 리가 없었으니까. 영화 덕분에 엠파이어 스테이트 빌딩은 운명적인 사랑의 상징이 되었다. '천국에서 가장 가까운' 전망대는 세상에서 제일 낭만적인 장소가 되었고. 그래서 지금도 수많은 여행자가 이곳에 오른다. 길 위의 사랑이 자신에게도 찾아오기를 기대하며.

여행자는 길 위에서 쉽게 사랑에 빠진다. 여행이 이성보다 감성을 고양하기 때문이다. 평소 꼼꼼히 따지던 조건보다는 사람의 됨됨이부터 눈에 들어온다. 게다가 여행에서 겪는 고난이 두 사람을 강하게 묶어준다. 전투를 함께 치른 병사들 사이에서 전우애가 피어나듯이. 그 덕분에 여행지에서는 함께한 시간이 짧아도 강렬한 사랑이 불타오른다. 문제는 길 위에서의 만남이 일시적이라는 점이다. 두 사람은 여정이 같은 동안만 함께할 수 있다. 사랑이 결실을 맺으려면 일상으로 돌아온 후까지 인연이 이어져야 한다. 영어 속담 중에 '아웃 오브 사이트, 아웃 오브 마인드Out of Sight, Out of Mind'라는 말이 있다. '눈에 보이지 않으면 마음도 멀어진다'는 뜻이다. 짧은 순간 타오른 사랑은 긴 이별 속에서 금세 온기를 잃는다. 쉽게 타오른 만큼 쉽게 꺼진다고 할까? 그 사람과 함께 찍은 사진만이 뜨거웠던 한때를 증명할 뿐이다.

그렇다고 길 위의 사랑을 지레 포기할 필요는 없다. 나는 실제로 결실을 맺는 걸 본 적이 있다. 지인 C는 30대 중반의 나이에 중앙아시아로 여행을 떠났다가 파키스탄의 황량한 산악 지대에서 스위스에서 온 여행자를 만났다. 두 사람은 파키스탄을 함께 여행한 후 일상으로 돌아와서도 연락을 이어갔다. 지금은 결혼해 스위스에 산다. 천사처럼 예쁜 딸을 낳고. 그러니 길 위의 사랑을 꿈꾸어라. 정말 운이 좋다면 '그 사람'이 당신 앞에 나타날 수도 있으니. 설사 그 사람을 만나지 못해도 손해 볼 건 없다. 사랑에 빠질 가능성만으로도 길이 아름답게 보일 테니까.

*

미얀마 바간을 여행할 때, 무더위에 숨이 턱턱 막혔다. 햇볕이 내리쬐는 흙길 위를 걷느라 진이 빠졌다. 하루 종일 더위에 시달렸지만, 여행자들은 숙소로 돌아가지 않았다. 해 질 녘이 되자 약속이나 한 듯 쉐산도 파고다로 모여들었다. 모두 밀림 위로 우뚝 솟은 파고다 위에 앉아 해가 지기를 기다렸다. 석양에 얼굴을 붉게 물들인 채 깊어져 가는 노을을 바라보았다. 해가 지평선 너머로 떨어지는 순간, 아무도 말이 없었다. 세상의 모든 언어가 침묵했다. 낭만이라는 한 단어만 빼고.

세상에는 수많은 낭만이 있지만, 하루의 끝이 주는

낭만만큼 심금을 울리는 것도 없다. 인간이 태어나서 죽는 유한한 존재이기 때문일까? 앙드레 지드Andre Gide 는 말했다.

"저녁을 바라볼 때는 마치 하루가 거기서 죽어가듯이 바라보라. 그리고 아침을 바라볼 때는 마치 만물이 거기서 태어나듯이 바라보라. 그대의 눈에 비치는 것이 순간마다 새롭기를. 현자란 모든 것에 경탄하는 자이다."

감성의 촉수를 세우고 있는 한 이 세상은 끝없는 낭만의 바다다. 그러니 빛나는 낭만의 순간들을 찾아 항해를 떠나자. 삶의 마지막에 돌아본 인생이 아름답게 기억될 수 있도록.

함께 밤길을 걷는 사람 동행

　　여행을 하다 보면 밤늦은 시간에 낯선 도시에 떨어지곤 한다. 버스에서 내렸는데 여기가 어딘지 당최 알 수가 없다. 희미한 가로등 불빛 아래 인적이 끊긴 도로가 보일 뿐이다. 함께 버스에서 내린 현지인들은 어느새 마중 나온 사람들의 차를 타고 가버렸다. 이방인이라고는 나 하나밖에 남지 않은 상황. 정체불명의 남자들이 슬금슬금 내 주변으로 모여든다. 아, 이럴 때 동행한 명만 옆에 있다면 얼마나 좋을까?

　　이집트 후르가다에서 수에즈로 가는 길이었다. 버스 창밖으로 동양인 남자가 다가오는 게 보였다. 오랜만에 만난 동양인이라 반가웠지만, 말을 걸까 말까 망설였다. 지저분한 머리털과 수염으로 뒤덮인 턱, 꾀죄죄한 반바

지에 낡아 빠진 샌들. 겉모습만 봐서는 부랑자에 가까웠
다. 그가 빈자리를 찾아 내 옆을 지나갈 때 슬쩍 시선을
돌리고 말았다. 수에즈에 간 건 카이로에서 오는 다합행
버스를 잡아타기 위해서였다. 그런데 버스는 도착 시각
을 세 시간이나 넘기고도 감감무소식이었다. 마침내 터
미널 직원이 나와 버스가 만원이라 그냥 지나쳤다며 내
일 아침 8시에 오라고 말했다. 당황스러웠다. 수에즈에
는 버스를 갈아타러 왔을 뿐이라 아무 정보가 없었다.
근처에 변변한 숙소나 식당도 보이지 않았다. 망연자실
하고 있을 때 그가 다가왔다.

　그의 이름은 신야. 일본에서 온 내 또래 여행자였다.
신야는 곤경에 처하자 자연스럽게 동양인을 찾았고, 아
까와는 다르게 나도 반가웠다. 어둠이 내려앉은 낯선 도
시에서 의지할 데가 필요한 참이었다. 우리는 택시를 타
고 수에즈 시내로 들어와 함께 쓸 방 한 칸을 잡았다.
다음 날 아침 터미널에서 다합행 버스에 올랐고, 무사히
도착해 홍해의 바닷가에서 헤어졌다. 아마 신야가 없었
더라도 수에즈에서 별일은 없었을 것이다. 하지만 암담
한 상황에서 그의 존재만으로도 위안이 되었던 게 사실

이다.

신야와의 인연은 계속되었다. 이집트를 떠나 요르단으로 가는 배에서 그를 다시 만났다. 이번에도 비슷한 상황이 벌어졌다. 배가 항구에 도착하니 이미 밤이었다. 만약 신야가 없었다면 밤길이 꺼려져 비싼 돈을 주고라도 항구 근처에서 잤을 테다. 하지만 동행이 있어서 마음이 든든했다. 게다가 둘이면 비용이 절반이란 생각에 택시를 잡아타고 목적지인 페트라까지 내처 달렸다. 황량한 밤길을 달리는 택시 안에서도 전혀 불안하지 않았다. 그저 밤하늘의 별이 아름다웠을 뿐이다.

페트라도 신야와 함께 구경했다. 우리는 하루 종일 태양이 작열하는 유적지를 걷다가 숙소로 돌아왔다. 갈증이 나서 마실 것이 간절할 때 신야가 맥주를 들고 왔다. 그는 너무 비싸서 한 캔만 사 왔다며 쑥스러워했다. 우리는 숙소 옥상에 앉아 차가운 맥주를 나누어 마셨다. 이슬람의 예배 시각을 알리는 아잔 소리가 울려 퍼지는 가운데 사막이 붉게 물들어갔다. 신야와 함께한 페트라의 석양은 내 인생에서 가장 아름다운 순간 중 하나로 남았다.

동행은 소중하다. 특히 위기의 순간 큰 힘이 되어준
다. 그럼 모든 동행이 좋기만 할까?

네팔 안나푸르나에서 트레킹에 나섰다. 초행길인 데
다 짐이 무거워 포터를 고용했다. 여행사에서 소개해준
네팔 청년의 이름은 우띨. 통통한 얼굴에 영어도 곧잘
해서 첫인상이 마음에 들었다. 그런데 트레킹 첫날부터
우띨의 행동이 이상했다. 그는 고산병 때문에 힘들어하
는 나를 두고 혼자 성큼성큼 가버렸다. 우띨을 놓친 나
는 다른 트레커들에 섞여 눈치껏 길을 찾아야 했다. 잠
을 청할 마을에 도착해서도 어느 숙소에 방을 잡았는지
몰라 여기저기 뒤지고 다녔다. 숙소에서도 그는 어딘가
로 사라져버려 다음 날 일정을 상의할 수 없었다.

우띨의 행동은 이튿날도 마찬가지였다. 속이 부글부
글 끓었지만 꾹 참았다. 무거운 짐을 메주는 것만으로도
고마운 일이었으니까. 그런데 셋째 날 아침 황당한 일이
벌어졌다. 우띨이 더 이상 트레킹을 함께 할 수 없다고
선언한 것! 황당해서 이유를 물으니 어머니가 아프셔서
빨리 가봐야 한단다. 이 말 한마디에 아무 불평도 할 수

없었다. 하지만 눈앞이 캄캄했다. 트레킹이 한참 남았는데 갑자기 포터를 잃은 것이었다. 그런데 우띨이 고향 친구가 마침 여기 있다며 대신 짐을 메게 하겠단다. 눈물나게 고마웠다. 그래도 나를 버린 건 아니구나.

친구의 이름은 제이. 이제 겨우 스무 살로 체구가 왜소했다. 내가 맡긴 배낭이 머리 위로 쑥 올라오는 게 안쓰러울 지경이었다. 점심때 제이에게 우띨 어머니가 어디가 아프시냐고 물었다. 제이가 고개를 갸웃하며 말했다.

"우띨 어머니는 돌아가셨는데요?"

내가 잘못 알아들은 줄 알았다. 재차 물어도 대답은 마찬가지였다. 우띨은 거짓말을 하고 내뺀 것이었다. 내 눈치를 보던 제이가 이유를 알려주었다. 우띨은 높은 데 올라오면 고산병 증세가 심하단다. 그래서 지금까지 3천 미터 이상 올라온 적이 없단다. 그러고 보니 오늘부터 3천 미터 이상의 고지대였다. 우띨은 처음부터 이틀만 짐을 멜 계획이었다. 게다가 어머니를 팔아 팁까지 두둑이 챙겼다. 속았다는 생각에 울화가 치밀어 올랐다. 옆에 있으면 한 방 먹이고 싶을 정도로.

하지만 제이와 트레킹하면서 도리어 잘된 일이란 생

각이 들었다. 우떨과 계속 동행했다면 트레킹을 망쳤을 것이다. 가슴이 우떨에 대한 불만으로 가득 차 히말라야의 아름다운 풍경도 눈에 들어오지 않았을 테다. 제이는 우떨보다 영어를 못했지만 배려심이 깊었다. 내 속도에 맞추어 걸으며 친절히 길을 안내했다. 식사를 때맞추어 챙기고, 숙소도 전망 좋은 방을 잡아주었다. 말은 잘 안 통해도 따뜻한 마음이 고스란히 전해졌다. 온종일 걷느라 삭신이 쑤셨지만, 덕분에 편안히 잠들 수 있었다.

트레킹을 마치고 한국에 돌아와서야 알았다. 네팔 사람이라고 전부 고산에 강한 건 아니라는 걸. 저지대에서 농사짓던 청년들이 먹고살 길이 막막해 포터 일을 한단다. 당연히 보통사람처럼 고산병 증세도 겪는다. 머리가 깨질 것 같고 몸이 천근만근이어도 짐을 메야 한다. 신발 살 돈이 없어 다 떨어진 샌들을 신고 산길을 걷는다. 한겨울에도 추위를 막아줄 털옷 하나 변변치 않다. 그래도 포터 일을 그만둘 수 없다. 고향에 두고 온 가족의 생계가 걸려 있기 때문이다. 우떨도 저지대 출신 청년이었다. 처음부터 고산병이 있다고 밝혔다면 나도 그를 고용

하지 않았을 테다. 그래서 우띨은 트레킹 도중에 친구와 일자리를 교대하는 고육지책을 짜냈던 것이다. 나는 이런 사정을 알고 우띨을 용서했다. 거짓말은 미웠지만, 그의 삶이 눈물겨웠기에.

*

중국 황룽黃龍에 갔을 때, 교통편이 불편해 현지 패키지를 이용하기로 했다. 문제는 내가 중국어를 전혀 모른다는 것. 여행사에서는 아무 문제 없을 거라며 나를 안심시켰다. 하지만 오판이었다. 가이드는 영어를 한마디도 못 했다. 그가 중국어로 설명하는데, 전혀 알아들을 수 없었다. 눈치껏 일행을 따라다녔지만 한계가 있었다. 적어도 언제 어디서 만나는지는 알아야 했다. 하는 수 없이 가이드를 쫓아다니며 한자로 필담을 시도했다. 그제야 최소한의 정보를 손에 넣을 수 있었다.

가이드의 눈에 나는 '시한폭탄'이었다. 내가 말을 잘못 알아듣고 딴짓을 하면 일행 전체가 피해를 볼 수도 있었다. 실컷 말로 떠들었는데 필담으로 다시 알려주는 것도 번거로웠을 것이다. 시간이 갈수록 나는 가이드를 피곤하게 만드는 애물단지가 되어갔다. 가이드는 가는 곳마다 사람들을 붙잡고 나에 대한 험담을 늘어놓는 눈치였다. 하지만 가장 힘들었던 건 알아들을 수 없는 가이드의 설명이었다. 스피커를 통해 울려 나온 목소리가 버스 안에 쩌렁쩌렁 울렸다. 하루 열 시간씩 계속되는 '사자후'는 고문이나 다름없었다. 말만 통했더라도 아무 문제 없을 여행이었다. 하지만 누구를 탓할 것인가? 중국어를 못 하면서 현지 패키지를 선택한 나의 잘못이지.

대화가 통하지 않는 동행도 과연 필요할까? 존 스타인벡John Steinbeck은 1960년 미국 일주를 결심했다. 이미 퓰리처상을 받은 저명한 작가였지만, 오랫동안 조국을 돌아보지 못했다는 데 생각이 미쳤다. 그동안 제대로 알지도 못하는 것을 써왔다는 죄책감이 가슴을 죄어왔다. 그래서 주문 제작한 캠핑카를 손수 몰고 길 위로 나섰다. 문제는 여행을 함께할 동행이었다. 1만 6천 킬로미터나 되는 길을 혼자 가기에는 너무 심심했다. 그렇다고 자신의 괴팍한 성격에 맞출 사람을 찾기도 쉽지 않았다. 스타인벡은 고심 끝에 애완견 '찰리'를 동행으로 낙점했다. 찰리는 푸른빛이 도는 털을 지닌 프랑스 푸들이다. 덩치가 크지만 겁이 많아서 약간의 인기척만 있어도 요란하게 짖어댄다. 인적이 드문 곳에 차를 대고 잘 때 훌륭한 감시견이 되어줄 터였다.

그런데 여행을 해보니 찰리의 특기는 따로 있었다. 낯선 사람과 사귈 수 있는 기회를 만들어주는 것! 아침에 일어나 찰리를 풀어주면 주변에서 음식을 만들고 있는 사람들에게 다가갔다. 스타인벡은 커피 한 잔 마실 동안 찰리를 내버려두었다가 사람들이 성가시게 여길 즈음 데리러 갔다. 그러면 외국종인 찰리에게 관심을 보인 여행자들과 자연스럽게 대화의 물꼬가 트였다. 찰리는 여행자와의 만남을 주선하는 외교관인 셈이었다.

찰리는 사교성이 뛰어나지만 말이 통하는 건 아니었다. 그런데 때로는 그 점이 큰 장점이 된다. 여행을 하다 보면 수다를 떨고 싶을 때만큼이나 입을 꾹 다물고 조용히 있고 싶을 때도 많다. 이럴 때 동행의 수다는 소음에 지나지 않는다. 억지로 들어주어야 할 때는 이보다 더한 고역이 없다. 황룽행 버스 안에 울려대던 가이드의 사자후처럼. 동행의 첫 번째 미덕은 의사소통이 아니라

'함께 있음'이다. 여행자를 괴롭히는 가장 큰 심리적 요인은 세상에 홀로 버려진 듯한 외로움이니까. 외로움을 달래주기 위해 꼭 말이 필요치는 않다. 그냥 옆에 있어주는 것만으로 충분하다. 어두운 밤길을 달려갈 때 찰리가 스타인벡의 옆자리를 묵묵히 지켰던 것처럼.

*

일본에 갈 때마다 들르는 곳이 생겼다. 요코하마에 있는 싸구려 술집이다. 입구에 들어서면 꼬치 굽는 냄새가 풍겨온다. 카운터에 자리를 잡고 앉으면 익숙한 얼굴이 나를 반긴다. 이집트에서 만났던 신야다. 직업이 요리사인 신야는 이 술집에서 주방장 격인 '마스터'로 일하고 있다. 나는 차가운 생맥주 한 잔을 시킨 후 안주는 신야에게 맡긴다. 그러면 신야는 그날 제일 신선한 재료를 이용해 맛깔난 안주를 내온다. 신야가 요리하는 사이 카운터 너머로 이야기를 나눈다. 주문이 많을 때는 눈코 뜰 새 없이 바빠 그의 등만 쳐다보며 술잔을 기울일 때도 있다. 그래도 상관없다. 열심히 일하는 뒷모습도 참 보기 좋으니까.

신야도 매년 한국을 찾는다. 알고 보니 이 친구는 야구광이었다. 야구 동호회에서 투수 겸 5번 타자란다. 한국 프로야구에 관심이 많아 전국의 야구장을 둘러보는 게 목표다. 덕분에 나도 지방의 야구장에 몇 번 들렀다. 야구를 보고 나오면 보통 밤 10시. 출출한 배를 달랠 겸 술집을 찾는다. 그리고 지난 여행을 안주 삼아 수다를 떤다. 나와 시공간을 함께한 사람과 추억을 공유하는 느낌이란! 신야와 약속을 하나 했다. 조만간 베트남을 함께 여행하기로. 그리고 평생 안주로 삼을 새로운 추억을 만들기로.

흰둥이와 하나 되어

중국 베이징에 가기 위해 인천공항으로 향했다. 집 앞에서 공항버스를 탔는데, 길이 막혀 두 시간이 걸렸다. 비행기 출발 세 시간 전에 공항에 도착했는데, 주말이라 사람이 바글바글하다. 탑승권을 발권하러 갔더니 줄이 100미터는 되는 것 같다. 탑승 전까지 해야 할 일이 많아 마음이 조급했다. 보안 검색도 받고, 출국 수속도 하고, 미리 산 면세품도 수령해야 했다. 가는 곳마다 줄이 길어 탑승구에 도착하니 벌써 출발 시간이었다. 베이징까지의 비행시간은 약 두 시간. 기내식 먹고 창밖 구경 좀 하다 보니 착륙한단다. 생각해보니 집 나와 탑승하기까지 걸린 시간이 비행시간의 세 배쯤 된다. 뭔가 좀 억울하다. 그렇게 힘들여 탔는데 벌써 내린다니.

비행은 승객에게 끝없는 인내심을 요구한다. 탑승까지의 과정은 그야말로 기다림의 연속이다. 줄 서고 기다리고 줄 서고 기다리고. 만약 비행기에 이상이 생겨 출발이 지연된다면? 준비될 때까지 하염없이 기다릴 뿐이다. 어쩔 땐 비행기의 좁아터진 좌석에 꼼짝 못 하고 앉은 채 몇 시간을 기다리기도 한다. 그나마 지연이면 다행이다. 아예 결항이 되어 집으로 돌아가는 일도 벌어진다. 지금까지 들인 시간과 노력이 모두 물거품이 된다. 망쳐버린 휴가와 호텔 위약금은 모두 여행자의 몫이다.

그래도 나는 비행기를 사랑한다. 엔진이 굉음을 울리자 비행기가 힘차게 활주로를 내달린다. 갑자기 몸이 붕 뜨는 느낌이 들면서 하늘로 쑥 날아오른다. 어느새 세상 모든 것이 눈 아래 펼쳐진다. 우리는 도시를 잘 안다고 생각하지만, 하늘에서 내려다본 도시는 매우 낯설다. 도시의 첫인상은 회색이다. 온통 콘크리트와 아스팔트로 덮인 도시는 차갑고 딱딱하다. 안개처럼 뿌연 스모그가 24시간 도시 위를 뒤덮고 있다. 자연의 손길이 제거된 이곳에서 생명의 증거인 푸름은 찾아볼 수 없다. 이런 곳이 수십억의 인간이 사는 곳이라니……

또한 도시는 직선의 향연이다. 바둑판처럼 네모반듯하게 정리된 땅 위에 수직으로 솟은 건물들이 하늘을 찌른다. 안토니 가우디Antoni Gaudi는 말했다.

"직선은 인간의 선이며, 곡선은 신의 선이다."

자연에는 직선이 없다. 산과 강을 비롯한 모든 것은 곡선으로 이루어져 있다. 하지만 도시에 사는 현대인은 직선에 둘러싸여 하루를 보낸다. 네모난 아파트에서 눈을 떠서, 직선으로 뻗은 도로를 달려, 다시 네모난 사무실로 들어간다. 자연과 철저히 유리된 삶이랄까?

가끔 비행기 창밖으로 일몰을 볼 때가 있다. 좌우로 길게 뻗은 노을이 지구의 윤곽을 따라 서서히 활처럼 휜다. 지구가 둥글다는 사실을 내 눈으로 직접 확인하는 순간이다. 우주에서 지구를 내려다본 우주비행사 제임스 러벌James Lovell은 말했다.

"지구를 떠나보지 않으면 우리가 지구에서 가지고 있는 것이 진정 무엇인지 깨닫지 못한다."

우리의 삶도 마찬가지다. 때로는 대상과 거리를 두어야 참모습이 보인다. 숲속에서는 나무만 보일 뿐 숲은 보이지 않는 것처럼. 그래서 나는 비행기에 오른다. 익숙한 것을 낮설게 보기 위해서.

*

여행할 때 이용하는 탈것 중 가장 낭만적인 것은? 취향에 따라 다르겠지만, 나는 기차를 첫손에 꼽는다. 기차만큼 여행의 대중화에 기여한 물건도 없다. 기차가 탄생하기 전에는 마차가 주요 운송 수단이었다. 하지만 도로 사정이 열악해 여행이라기보다는 고행의 연속이었다. 선로를 따라 달리는 기차는 이동의 고단함을 단번에 해소해주었다. 게다가 비용이 저렴해 가난한 사람도 여행을 다닐 수 있게 되었다. 그래서 기차만 봐도 자연스레 여행의 낭만을 떠올리는 사람이 많았다.

그렇다고 모든 사람이 기차를 칭송한 건 아니다. 스위스의 역사학자 야코프 부르크하르트Jacob Burckhardt는 1840년에 기차를 타고 나서 말했다.

"기차 여행은 매우 재미있다. 정말 새처럼 날아간다. (…) 지나가는 사물과 나무, 오두막 등을 결코 제대로 구분할 수 없다. 다시 둘러보려고 하는 순간 이미 모든 것이 지나가버렸다."

현대의 기차는 이보다도 훨씬 빠르다. 가까이 있는 것은 순식간에 지나가버린다. 다시 보고 싶다고 기차를 되돌릴 수도 없다. '방금 본 게 뭐지?'라고 생각하는 순간, 새로운 것이 눈앞에 튀어나온다. 기차는 너무 많은 정보를 너무 빨리 제공한다. 그래서 기차 여행은 수박 겉핥기가 될 수밖에 없다.

그럼에도 나는 기차 여행을 좋아한다. 우선 기차는 우아하다. 버스처럼 가다 서다를 반복하며 꿀렁대지 않는다. 일정하게 되풀이되는 덜컹거림은 자장가처럼 들릴 정도다. 기차는 꾸준한 속도로 미끄러지듯 선로 위를 달린다. 부르크하르트는 순식간에 풍경이 지나갔다고 투덜댔지만, 조금만 시선을 멀리 두면 볼 건 다 보인다. 그래서 기차 여행은 도시보다는 자연 속에서 빛난다. 기차가 아무리 빨라도 시베리아의 벌판이나 알프스의 산들이 순식간에 사라질 리는 없으니까. 따라서 기차 여행에서는 시선을 어느 정도 거리에 둘 것인지가 중요하다. 풍경이 흘러가는 속도는 기차의 속력뿐만 아니라 나와 풍경 사이의 거리에도 영향을 받기 때문이다.

또한 기차는 여유롭다. 비행기나 버스처럼 꼼짝 않고 앉아 있을 필요가 없다. 좀이 쑤시면 객차 안을 설렁설렁 돌아다녀도 좋다. 게다가 기차에는 '식당칸'이라는 특별한 장소가 마련되어 있다. 창밖 풍경을 보면서 식사를 즐길 수 있는 이동식 레스토랑이다. 시시각각 경치가 변하는 식당칸만큼 전망 좋은 레스토랑이 있을까? 물론 식당칸이 마련되어 있지 않은 열차도 많다. 그렇다고 아쉬워할 필요는 없다. 열차 밖에 더 많은 음식이 기다리고 있으니까. 장거리 열차를 타면 기차역마다 지역 특산품으로 만든 먹거리를 판다. 단 행동이 잽싸야 한다. 기차가 플랫폼에 정차하는 시간이 매우 짧기 때문이다. 어떤 때는 겨우 몇 분에 불과하다. 창밖에 음식이 보이는 순간 지갑을 들고 튀어 나가야 한다. 맛은 솔직히 복불복이다. 처음 먹어보는 음식이니 꼭 맛있으리란 보장은 없다. 하지만 한번 지나치면 영원히 먹지 못할 수도 있다. 그러니 약간의 위험을 감수할 가치는 충분하다. 기차를 타고 이동하며 길 위의 음식을 맛보는 즐거움, 이것이야말로 진정한 '식도락食道樂'이 아닐까?

*

　남미는 기차가 발달하지 않아 대부분 버스로 여행한다. 땅이 워낙 넓다 보니 열 시간 안쪽은 장거리 축에 끼지도 못한다. 내가 탔던 최장 거리 버스는 35시간이 걸렸다. 두 명의 버스 기사가 교대로 운전하더니 나중에는 아예 다른 기사로 교체되었다. 가끔 휴게소에 들르지만 느긋하게 밥 먹을 시간은 없어서 끼니때마다 간단한 도시락이 지급되었다. 마치 비행기의 기내식처럼 앉은 자리에서 다섯 끼를 도시락으로 때워야 했다. 좁은 버스 안을 돌아다닐 수도 없으니 철창 안에 갇혀 사육당하는 돼지가 된 느낌이었다 할까?

　길이라도 편하면 견딜 만할 텐데, 남미에는 안데스산맥이란 놈이 버티고 있다. 이 녀석을 넘으려면 고도 4천 미터에 이르는 고갯길을 올라야 한다. 페루에서 고산 도시 쿠스코로 가는 야간버스를 탔다. 아침에 눈을 뜨니 창밖으로 안데스의 설산들이 보였다. 장엄한 풍경에 감탄하는 것도 잠시, 속이 울렁거리며 멀미가 났다. 길이 어찌나 구불구불한지 정신을 차릴 수 없었다. 버스가 길가에 정차했을 때 운전사에게 문을 열어달라고 졸랐

189

다. 잠시라도 신선한 공기를 마시지 않으면 당장이라도 게위낼 판이었다. 답답한 버스에서 탈출해 안데스의 청량한 바람을 쐬니 살 것 같았다. 남미처럼 거칠고 넓은 땅은 한 살이라도 젊을 때 여행하는 게 좋다. 체력이 되어야 35시간짜리 버스든 고산으로 가는 버스든 견뎌낼 수 있을 테니까.

그래도 여행자에게 버스만큼 고마운 존재는 없다. 버스는 기차가 갈 수 없는 열악한 장소까지 데려다준다. 게다가 가끔씩 현지인과 접촉할 기회를 제공해주기도 한다. 칠레에서 페루로 넘어가는 야간버스 안에서 현지인 아주머니들을 만났다. 짐을 잔뜩 들고 있는 걸 보니 칠레에서 물건을 떼다 파는 보따리장수 같았다. 내 앞에 앉은 아주머니가 갑자기 내 품에 커다란 곰 인형을 안겼다. 사라는 말인 줄 알고 손사래를 쳤다. 그래도 아주머니는 알아들을 수 없는 말을 반복하며 자꾸 인형을 내밀었다. 무슨 상황인지 몰라 주변을 둘러보니 나뿐만이 아니었다. 다른 승객들에게도 물건을 하나씩 안기고 있었다. 아하, 이제 알았다. 세관 검사 때문에 인형 하나만 맡아달라는 뜻이었다. 어찌나 간절히 부탁하는지 거절할 수 없었다. 버스는 밤새 여러 차례 짐 검사를 당했다. 세관원이 올 때마다 다 큰 남자가 곰 인형을 끌어안고 있는 모습을 보여주어야 했다. 새벽 4시쯤 되었을까? 또 한 차례 짐 검사가 끝나자 아주머니들의 표정이 환해졌다. 아주머니들은 고맙다는 말과 함께 물건을 차곡차곡 회수해 갔다. 이제 모든 세관을 통과했나 보다. 마음의 평화를 찾은 아주머니들의 수다가 이어졌다. 나는 다시 잠을 청하려고 눈을 감았다. 왠지 좀 허전했다. 곰 인형의 촉감이 참 포근했는데.

*

유목민의 나라 몽골에서 승마 체험을 했다. 내게 배정된 말은 하얀 갈기를 지닌 수컷이었다. 내 마음대로 '흰둥이'라는 이름을 붙였다. 말은 야생성이 강해 길들이기 쉽지 않은 동물이다. 그래서 어금니를 빼낸 자리에 손가락 크기 정도의 재갈을 채운다. 재갈에 연결된 고삐를 당기면 이빨이 아파 고분고분 말을 듣게 된다. 고삐를 한 번 당길 때마다 말에게 치통을 가한다니 마음이 무겁다. 재갈 덕에 말을 다룰 수 있게 되었지만, 등에 타

는 건 별개의 문제다. 몽골 말은 키가 작은 편인데도 올라타려면 높이가 꽤 된다. 옆에 달린 등자를 밟고 훌쩍 뛰어올랐다. 말 등에는 푹신한 안장이 얹혀 있었다. 등자를 양쪽 발에 끼우자 좌우로 흔들리지 않아 안정감이 들었다. 이제 준비 완료. 흰둥아, 초원의 유목민처럼 신나게 달려보자꾸나.

그런데 이게 웬일일까? 흰둥이가 영 말을 듣지 않았다. 뜨내기손님이 귀찮다는 듯 태도가 도도했다. 고삐를 채도 달리기는커녕 콧방귀를 뀔 뿐이었다. 아, 잊고 있었다. 이 녀석은 엔진이 아니라 심장을 지닌 존재라는 걸. 아무리 재갈을 물렸어도 자기 의사가 있는 생명체라는 걸. 흰둥이를 달리게 하려면 명령이 아니라 동의를 구해야 했다. 녀석은 배알이 꼴리면 언제든 나를 떨어뜨릴 수도 있었다. 한동안 녀석이 마음대로 돌아다니도록 내버려두었다. 자꾸 목덜미를 쓰다듬으며 친한 척을 했다. 한참 지나자 심술이 잦아든 기색이 보여 가볍게 고삐를 챘다. 몽골의 말몰이꾼처럼 입으로 "추, 추!" 소리를 내면서. 그제야 흰둥이가 선심이라도 쓰듯 가볍게 달려주었다. 기쁨도 잠시, 엉덩이에 수난이 찾아왔다.

흔들리는 말의 진동은 상상 이상으로 강렬했다. 박자가 어긋나자 안장에 쿵쿵 엉덩방아를 찧었다. 녀석과 한 몸처럼 달리기 위해서는 서로의 마음이 통해야 했다. 흰둥이의 리듬에 맞추려고 온 신경을 집중했다. 마침내 호흡이 딱 맞아떨어지는 순간이 찾아왔다. 말과 하나가 되어 공중을 나는 그 신비로운 느낌이란! 초원의 바람을 타고 하늘 위까지 날아오를 것 같았다.

몽골에서 돌아온 후 말을 타고 달리는 꿈을 자주 꾸었다. 흰둥이를 타고 초원을 달렸던 흥분이 좀처럼 가라앉지 않았다. 허벅지를 통해 전해지던 녀석의 온기가 여전히 따뜻했다. 살아 있는 동물과 함께 길을 간다는 건 실로 놀라웠다. 차가운 엔진을 지닌 기계와는 나눌 수 없는 경험이었다. 말은 단순한 탈것이 아니었다. 서로를 느끼고 믿어야 하는 동반자였다. 언젠가 다시 몽골을 찾고 싶다. 이번에는 줄곧 말만 탈 테다. 준비할 것은 단 하나, 가벼운 몸을 유지할 것. 말에게 너무 무거운 짐을 지우면 미안하니까. 대신 말이 가고 싶은 곳으로 달리게 내버려둘 테다. 드넓은 초원을 달리며 자유를 만끽하게 해주어야지. 녀석이 즐거워야 나도 즐거울 테니까.

4장

일상도
여행 같았으면

:
드디어 포탈라궁에 왔건만   인연

··

　　　　　신들의 땅 티베트로 향했다. 오래 기다려
온 여행인 만큼 준비에 공을 들였다. 남미에서 카메라를
도둑맞은 후 사진 욕심을 내려놓았지만, 이번만큼은 달
랐다. 평소 들고 다니지 않던 줌 렌즈를 배낭에 챙겨 넣
었다. 티베트에 도착한 첫날, 라싸로 들어가지 않고 시
외곽부터 둘러보았다. 이튿날은 티베트인이 성스러운 호
수로 여기는 암드록초에 들렀다. 이제 라싸 시내로 들어
간다. 포탈라궁을 대면한다는 생각에 가슴이 두근댔다.
줌 렌즈로 궁전 구석구석을 찍어 간직할 테다. 그런데
시내로 가는 버스 안에서 문제가 생겼다. 갑자기 카메라
가 말을 듣지 않았다. 처음엔 배터리가 다 된 줄 알았는
데 아니었다. 카메라 자체가 고장이었다. 이제야 꿈에 그

리던 포탈라궁을 만나러 가는 길인데…….

포탈라궁에 도착했다. 카메라가 없으니 시간이 남아 돌았다. 참배 온 티베트인을 찬찬히 살폈다. 승려의 독경 소리에 귀를 기울였다. 매캐한 버터기름 향기에 취했다. 고원의 칼날 같은 햇살을 피부로 느꼈다. 사진 촬영에 들였을 시간과 정성을 온전히 감각에 집중했다. 그 덕분에 사진이 아니라 공감이 내 몸에 남았다. 이걸로 충분하다는 생각이 들었다. 실은 카메라 고장에 대처할 여러 가지 방법이 있었다. 눈 딱 감고 새 카메라를 살 수도 있었다. 하지만 라싸로 향하는 버스 안에서 카메라가 고장 난 것도 인연이라는 생각이 들었다. 여기서부터는 카메라를 내려놓으라는. 오감으로 포탈라궁을 느껴보라는. 마치 계시와도 같은 목소리를 듣고 마음이 차분해졌다. 화가 나지도 슬프지도 않았다. 내가 가질 수 있는 티베트는 여기까지라는 느낌이었다.

*

가끔씩 여행을 준비하다가 애를 태우곤 한다. 꼭 가고 싶은 곳인데 여건이 따라주지 않을 때다. 나에겐 네팔이 그런 곳이었다. 히말라야로 트레킹을 가고 싶어 여러 번 시도했지만, 매번 회사 일이 틀어졌다. 한번은 힘들게 휴가를 맞추어 항공권까지 끊었는데, 네팔에서 지진이 발생했다는 소식이 들려왔다. 산사태로 마을이 파괴되고 수많은 인명 피해가 났단다. 고민스러웠다. 가야 할까 말아야 할까……. 결국 항공권을 취소했다. 아쉬웠지만 지금은 때가 아니라고 생각했다.

몇 년 후 회사를 그만두고 인도를 여행하다가 문득 네팔에 가야겠다는 생각이 들었다. 이번에는 아무런 방해가 없었다. 바라나시에서 버스를 타고 네팔 포카라에 내렸다. 직장이 없으니 돌발 사태가 생겨도 기다리면 그만이었다. 그렇게 안나푸르나 트레킹을 무사히 마쳤다. 만약 지진이 났을 때 무리해서 비행기에 올랐으면 어땠을까? 네팔에는 갔겠지만, 내가 꿈꾸던 네팔은 아니었을 것이다. 네팔은 기다리고 있었다. 나를 받아줄 적당한 때가 오기를.

사람들은 우연의 힘을 강조한다. 한 가지 사건이 일의 성패를 좌우한다고. 일본 하코네에 갔을 때 온천에 들렀다. 노천탕에 앉아 있는데, 쪼르륵 물소리가 들렸다. 머리 위에서 가느다란 물줄기가 떨어지고 있었다. 일정한 간격을 두고 물이 떨어지도록 고안한 장치였다. 대나무로 만든 대롱 한쪽에 물이 한 방울씩 더해진다. 일정한 무게가 되면 대롱이 시소처럼 반대쪽으로 기울며 물이 떨어진다. 마지막 한 방울이 더해지는 순간 대롱이 움직이는 게 신기했다. 그럼 물을 떨어뜨린 건 마지막 한 방울의 힘인 걸까?

문득 중국에서 묵은 허름한 게스트하우스에 걸려 있던 액자가 떠올랐다. 액자에는 한자로 '수연자득隨緣自得'이라 쓰여 있었다. '인연을 따르면 저절로 얻게 된다'는 뜻이다. 온천물을 떨어뜨린 건 마지막 한 방울의 힘만은 아니다. 그동안 쌓여온 수많은 물방울의 힘이 더해졌기에 가능한 일이었다. 세상일도 마찬가지다. 수만 가닥의 인연이 얽혀 한 가지 사건을 만들어낸다. 회사 일 때문에, 지진 때문에 네팔에 못 간 게 아니었다. 일과 지진은 마지막 한 방울이었을 뿐이다. 모든 일에는 시절인연이 있는 법. 이제는 무리해서 여행을 추진하지 않는다. 인연이 무르익으면 가게 되리라는 것을 믿기에.

중국 청두에 갔을 때 날씨 때문에 고민이 많았다. 호수로 유명한 주자이거우九寨溝로 갈 날짜를 정해야 했다. 햇살 아래 반짝이는 호수를 꼭 보고 싶었다. 비가 오면 물이 흐려져 주자이거우의 진면목을 볼 수 없을 테니까. 하지만 일기예보는 일주일 내내 흐림이었다. 투어에 참여하는 거라서 일단 출발하면 일정을 조정할 수도 없었다. 결국 월요일 오전에 반짝 해가 난다는 예보에 맞추어 투어를 신청했다. 그런데 출발 전날 배탈이 나고 말았다. 도저히 열 시간 넘게 버스에 앉아 이동할 자신이 없었다. 눈물을 머금고 출발을 하루 늦추었다. 역시나 투어 첫날부터 비가 왔다. 잠시 갠다던 월요일에도 비가 내렸다. 이번 여행에서 해 보기는 글렀다고 포기했다. 그런데 주자이거우에 도착한 화요일 아침이 되자 비가 그쳤다. 구름이 점차 걷히더니 정오쯤엔 맑은 하늘이 모습을 드러냈다. 하루 종일 비라더니 이게 웬일인가 싶었다. 햇볕이 내리쬐자 호수 밑바닥까지 훤히 들여다보였다. 청록색 수면 위로 숲과 구름이 흘러갔다. "주자이거우의 물을 보고 나면 천하의 물이 눈에 들어오지 않는다"

라는 말이 실감났다. 그렇게 출발 날짜를 고심했는데 아무 소용이 없었다. 배탈이 난 덕분에 주자이거우의 진면목을 보았으니 아이러니하달까?

여행자는 매일 아침 날씨를 살핀다. 날씨가 일정을 좌우하는 큰 변수이기 때문이다. 비바람이 부는데 산이나 바다에 갈 수는 없으니까. 문제는 날씨만큼 변덕스러운 것도 없다는 점이다. 일기예보를 보고 날짜를 골라도 틀리기 일쑤다. 그저 운에 맡겨야 한다. 그런데 여행자 중에 '날씨 운'이 좋다고 말하는 사람이 있다. 어딜 가든 비 맞은 적이 한 번도 없다고. 반대로 매번 비가 온다며 우는소리를 하는 사람도 있다. 과연 '날씨 운'이란 게 있긴 한 걸까?

《도덕경》에 '천도무친天道無親'이라는 말이 있다. '자연의 이치는 공평해서 더 친하고 덜 친한 구분이 없다'는 뜻이다. 자연은 사람을 편애하지 않는다. 모든 사람에게 평등하다. 그러니 내게 이롭게 되기를 빌어봐야 헛짓이다. 나쁜 일이 일어날까 걱정하는 것도 마찬가지다. 내 의지와 상관없이 일어날 일은 일어나고야 만다. 날씨가 안 좋다며 걱정하고 화내고 실망한다고 바뀌는 것은 없다. 내 마음만 상할 뿐이다. 그래서 나는 아침마다 하늘을 올려다보며 되새긴다. 어쩔 수 없는 건 그냥 받아들이자고. 주어진 여건 속에서 오늘을 즐기자고.

*

중국 리장麗江에서 조금 떨어진 바이사白沙 마을을 구경하러 나섰다. 호스텔 주인이 가르쳐준 대로 11번 버스를 타고 가다가 6번 버스로 갈아탔다. 가다 보니 오후에 들를 수허구전이 보이기에 이 버스를 다시 타고 오면 되겠다고 생각했다. 바이사를 구경한 후 반대편에서 오는 6번 버스를 잡아탔는데, 살짝 이상했다. 오전에 온 길과 영 달랐다. 불안했지만, 조금 돌아가는 거려니 하고 그냥 앉아 있었다. 결국 버스는 수허구전束河古鎭에 들르지 않고 30분 만에 나를 리장에 내려놓았다. 어이가 없었다. 뭐가 잘못된 걸까? 길바닥에서 시간을 허비한 게 짜증 났다. 식당에 들어가 주린 배를 채우며 결심했다. 6번 버스의 수수께끼를 풀고야 말겠다고.

리장에서 다시 6번 버스에 올랐다. 아까 온 길을 그대로 달려 바이사에 도착했다. 이번에는 내리지 않고 계속 타고 있었다. 버스는 승객이 점점 적어지더니 결국 텅 빈 채 시골길을 달려갔다. 창밖으로 고즈넉한 농촌 풍경 이 펼쳐지고, 길 끝에는 구름을 인 위룽쉐산玉龍雪山이 솟 아 있었다. 버스는 산자락까지 굴러가더니 마침내 작은 시골 마을에 멈추어 섰다. 그러고는 공터에서 차를 돌려 되짚어 가더니 바이사 앞에서 아침에 왔던 길로 방향 을 잡았다. 그제야 수수께끼가 풀렸다. 6번 버스는 바이 사에서 리장과 수허구전 두 방향으로 갈리는 것이었다. 버스 기사에게 어디 행인지 물어보고 탔으면 되었을 것 을……

수허구전을 구경한 후 리장으로 돌아올 때는 합승 택 시를 이용했다. 10분도 안 걸려 리장에 도착해 깜짝 놀 랐다. 6번 버스를 타고 헤매느라 거의 두 시간이 걸렸던 길인데…… 숙소에 돌아오자마자 침대에 쓰러졌다. 덜 컹거리는 버스에 시달려 녹초가 되어 있었다. 나는 이 해프닝에 '바이사 6번 버스 사건'이라는 이름을 붙였다. 한국에 돌아와서도 위룽쉐산을 향해 달려가던 버스가 자꾸 떠올랐다. 들바람을 맞으며 시골길을 달리던 느낌이 참 좋았다. 도란도란 이야기를 나누던 촌부들의 모습도 정겨웠다. 힘들고 짜증스러운 사건이었지만, 어느새 아름다운 추억이 되어 있었다.

《회남자》에 '새옹지마塞翁之馬'라는 고사가 나온다. '변방에 사는 늙은이의 말'이란 뜻으로, '길흉화복은 항상 바뀌어 미리 헤아릴 수 없다'는 의미를 담고 있다. 어떤 노인이 키우던 말이 오랑캐 땅으로 달아났다. 이웃들이 위로하자 노인은 속상해하지 않고 "이게 또 무슨 복이 될는지 어찌 알겠소?"라고 말했다. 몇 달 후 도망갔던 말이 오랑캐 땅의 말까지 끌고 돌아왔다. 이웃들이 축하하자 노인은 기뻐하지 않고 "이게 또 무슨 화가 될는지 알겠소"라고 말했다. 얼마 후 노인의 아들이 오랑캐 말을 타다가 떨어져 다리가 부러졌다. 이웃들이 위로하자 노인은 이번에도 슬퍼하지 않았다. 1년 후 오랑캐가 쳐들어오는 바람에 장정들이 싸움터에 나가 모두 전사했다. 하지만 노인의 아들은 절름발이라 무사할 수 있었다. 이처럼 언뜻 보기에 흉한 일도 나중에 보면 길하다. 길하게 보인 일도 나중에 보면 흉하다. 그래서 세상은 요지경이고, 인간은 불쌍하다. 운명의 장난에 놀아날 수밖에 없으니까. 장난에 대처할 방법은 하나뿐이다. 세상일이 어떻게 흘러가든 담담히 받아들이는 것. 바람 부는 대로, 강물 흐르는 대로 놓아두는 것.

*

세상의 흐름에 몸을 맡기는 일은 생각보다 고달프다. 자연의 이치이니 어쩔 수 없다는 체념과 같은 자세로는 영 기운이 나지 않는다. 머리로는 수긍해도 안 좋은 일이 있을 때마다 불쑥 화가 치밀어 오른다. 왜 나한테만 자꾸 이런 일이 생기는 걸까?

예전에 외줄 타기 명인을 본 적이 있다. 머리에 큰 모자를 쓰고 한 손에 부채를 들었다. 명인이 밧줄 가운데로 걸어올수록 흔들림이 심해졌다. 당장이라도 몇 미터 아래 땅바닥으로 추락할 것 같았다. 그런데도 명인은 태연했다. 갑자기 밧줄의 흔들림에 맞추어 껑충 뛰어올랐다. 그러고는 다시 엉덩이로 밧줄을 튕기며 두 번, 세 번 하늘로 날아올랐다. 수십 번 반복해도 줄에서 떨어지지 않았다. 밧줄의 흔들림을 이용해 자유롭게 몸을 놀리고 있었다.

만약 명인이 흔들림을 거부했다면 어떻게 되었을까? 분명 몇 걸음 떼지 못하고 떨어졌을 것이다. 오히려 흔들림을 받아들였기에 외줄 타기 묘기가 가능했다. 인생도 마찬가지다. 삶의 흔들림을 거부해서는 안 된다. 흔들림의 리듬을 탈 줄 알아야 한다. 그러면 위험이 즐김으로 승화된다. 짜릿한 전율과 함께 정신과 육체에 자유가 찾아온다. 흐름에 체념하듯 휩쓸려 가는 것이 아니라, 흐름을 나름대로 즐기는 것이다. 이것이야말로 자연의 이치를 따르면서도 삶을 즐기는 방법이 아닐까? 그래서 나는 여행을 떠날 때마다 다짐한다. '인간만사 새옹지마'라고. 무슨 일이 생기든 리듬을 타자고. 좋을지 나쁠지는 끝나봐야 아는 거라고.

여행 매너리즘에서 탈출하기 견문

동서양을 막론하고 수많은 여행자가 세상을 보러 다녔다. 특히 영국인은 '그랜드 투어grand tour'라는 유행을 만들어낼 정도로 열성이었다. 그랜드 투어는 영국의 상류층 자제들이 유럽 대륙으로 견문見聞을 넓히러 떠난 여행이다. 당시 영국은 문화 예술의 불모지나 다름없었기에 교양을 쌓으려면 대륙으로 가야 했다. 하지만 그랜드 투어를 떠나려면 비용이 엄청나게 들었다. 두 명의 가정교사와 짐 나를 하인을 데려갔고, 이동 시 타고 다닐 전용 마차와 말도 필요했다. 그러니 부잣집 도련님이 아니면 엄두도 낼 수 없는 여행이었다.

그랜드 투어의 코스도 대충 정해져 있었다. 우선 프랑스 파리로 건너가 상류 사회의 매너와 언어를 배웠다.

일종의 프랑스어 어학연수였다. 다음에는 알프스를 넘어 이탈리아로 향했다. 밀라노와 베네치아 등 르네상스를 꽃피웠던 도시 국가들을 방문해 예술품을 감상했다. 그리고 최종 목적지인 로마로 향했다. 위대한 로마 제국이 건설한 유적들을 구경하며 원대한 꿈을 키웠다. 하지만 이들을 바라보는 현지인들의 눈길은 곱지 않았다. 1829년 제작된 〈로마의 영국인들〉이라는 그림이 이를 잘 보여준다. 그랜드 투어를 온 영국인들이 말을 타고 로마 시내를 질주한다. 이에 놀란 행인들이 비명을 지르며 넘어져도 그들은 아랑곳하지 않는다. 말을 탄 채 유적을 훑고 지나가니 견문도 제대로 될 리 없었다.

나도 대학 시절 일종의 그랜드 투어를 다녀왔다. 목적지는 영국 런던이었다. 옛날엔 프랑스어가 유럽의 상류층 언어였지만, 지금은 시대가 변했다. 현대는 영어가 세계 공통어 역할을 한다. 영국에서 6개월쯤 영어를 배운 후 유럽 대륙으로 건너갔다. 당연히 첫 방문지는 파리였다. 파리지앵을 보며 유럽의 세련된 매너를 배워야 했으니까. 첫 유럽 방문이라 모든 것이 신기했기에 될수록 많은 것을 보고 싶었다. 하지만 나는 영국의 상류층 자제가 아니었다. 몇 년씩 외국에 머물며 구경할 돈이 없었다. 그래서 두 달 동안 무제한으로 탈 수 있는 유레일 패스를 끊었다. 이 기간 안에 최대한 많은 곳을 돌아다녀야 했다. 이동 시간을 줄이기 위해 30일을 기차 안에서 잤다. 파리에서 야간열차를 타고 밀라노에 도착해 낮동안 구경한 후, 그날 밤 다시 야간열차로 뮌헨으로 떠나는 식이었다. 5일 연속 야간열차에서 잠을 청한 적도 있었다.

당연히 느긋하게 박물관을 둘러볼 여유도 없었다. 세계 3대 박물관으로 손꼽히는 루브르 박물관에 갔다. 38만 점의 방대한 소장품을 자랑하는 루브르를 제대로 감상하려면 몇 년이 걸린단다. 하지만 파리에서 너무 오래 머물렀기에 하루 안에 감상을 끝내야 했다. 박물관이 개장하자마자 관람을 시작했다. 루브르 최고의 인기작은 레오나르도 다빈치Leonardo da Vinci가 그린 〈모나리자〉다. 관람객이 너무 많아 멀리 떨어진 데서 사진만 한 장 찍고 돌아섰다. 오후 3시쯤 되자 몸에서 진땀이 나기 시작했다. 그림이 어찌나 많은지 작은 것들은 상중하 세 줄로 걸려 있었다. 발길을 멈추고 감상할 여유가 없었다. 걸으면서 눈을 위아래로 굴렸다. 그렇게 쉬지 않고 걸은 덕분에 폐장 전에 박물관을 한 바퀴 돌 수 있었다. 나는 루브르를 보았다. 하지만 하나도 기억나지 않는다. 이런 걸 '견문'이라고 부를 수 있을까?

*

요즘은 여행자를 보통 '관광객'이라 부른다. '관광'이란 '다른 곳의 경치나 문물을 본다'는 뜻이다. 관광을 뜻하는 영어 단어 'sightseeing'도 마찬가지다. 본격적인 관광객의 출현은 기차의 대중화와 함께 찾아왔다. 기차의 가장 큰 장점은 한번에 많은 사람을 실어 나를 수 있다는 것이다. 게다가 정해진 선로를 달리기 때문에 출발과 도착 시간이 정확하다. 마차로 여행하던 시절에는 꿈도 꿀 수 없는 일이었다. 마차는 타는 인원도 적을뿐더러 도로 사정이 나쁘면 언제 도착할지 예측할 수 없었다. 기차의 이런 장점들은 대규모 인원을 정해진 일정대로 인도하는 관광업을 탄생시켰다. 1841년 영국인 사업가 토머스 쿡Thomas Cook은 기차를 이용한 단체 여행을

기획했다. '우리는 만인을 위한 열차를 운행합니다'가 모
토였다. 바로 '패키지여행'의 시작이었다. 패키지여행은
편리하고 매력적이었다. 교통, 숙소, 식사, 비자까지 모
든 것이 포함되어 있었다. 통역 덕분에 현지어를 몰라도
아무 문제 없이 먹고 놀 수 있었다. 그렇게 패키지여행의
물결이 전 세계로 퍼져 나갔다.

지금도 패키지여행의 인기는 여전하다. 바쁜 현대인은
여행을 준비할 여력이 없다. 휴가도 길어봐야 일주일이
다. 비싼 돈 주고 해외에 나왔으니 최대한 많은 것을 봐
야 이득이다. 이럴 때는 전용 차량에 통역 겸 가이드가
붙은 패키지여행이 가장 효율적이다. 대중교통을 이용
하느라 길 위에서 버리는 시간을 절약해준다. 게다가 꼭
봐야 할 것만 콕콕 짚어서 설명해주니 '쓸데없는' 것들
에 체력을 소모할 일도 없다.

앙코르 와트 유적을 보러 캄보디아에 갔다. 유적들이
밀림 곳곳에 흩어져 있어 교통편을 대절해야 했다. 보통
'툭툭'이라고 불리는 오토바이 택시를 많이 이용한다.
툭툭은 저렴한 대신 시설이 열악하다. 덜덜 떨리는 것은

물론이고, 좌석 앞이 뻥 뚫려 있어 흙먼지가 날아든다. 유적으로 가는 길에 한국 패키지여행 버스와 나란히 섰다. 여행객들이 에어컨이 시원하게 나오는 전용 차량 안에서 수다를 떨고 있었다. 부러웠다. 숨 막히는 더위에 탈진할 지경이었으니까. 유적에 도착하니 마침 패키지여행객들도 버스에서 내리고 있었다. 이들과 함께 바이욘 사원에 도착하자 가이드가 설명을 시작했다. 현장에서 한국말로 설명해주니 무척 편했다. 나는 영문 가이드북을 들고 다니며 일일이 찾아 읽었는데……. 그런데 1분쯤 설명했을까? "이제 사진 찍고 이동합니다"란다. 일행은 서둘러 인증 사진을 찍고 가이드를 뒤따라갔다.

바이욘은 관세음보살의 얼굴을 새긴 탑들로 유명하다. 일명 '크메르의 미소'라 불리는 얼굴들이다. 제대로 감상하려면 사원 위로 올라가야 한다. 수십 개의 탑 위에 새겨진 관세음보살들이 나를 쳐다보는 느낌이란! 나는 바이욘에서 충격에 가까운 감동을 느꼈다. 몇 시간 동안 꼼짝 않고 앉아 수많은 얼굴들과 대화를 나누었다. 문득 패키지여행객들이 안타까웠다. 바이욘은 800년이란 긴 세월 동안 그들을 기다려왔다. 그런데 단 몇 분도

크메르의 미소를 음미할 시간이 없다니……. 패키지여행은 선택과 집중이 강점이다. 하지만 일정이 너무 촉박하면 집중마저 제대로 이루어지지 않는다. 모든 걸 수박겉핥기로 지나치면 아무것도 남지 않는다.

*

유럽인에게 가장 인기 있는 패키지여행은 오리엔트로 가는 상품이었다. '오리엔트'란 이집트를 포함한 서아시아 지역을 지칭하는 용어였다. 유럽 대륙 내의 여행은 이국적인 맛이 덜했다. 외국이라고는 해도 같은 기독교 문화권이어서 느낌이 비슷했다. 어딜 가나 고향에서 흔히 볼 수 있는 교회와 성당뿐이었다. 하지만 오리엔트는 달랐다. 이집트에는 피라미드를 비롯한 고대 유적이 즐비했고, 서아시아에는 이슬람교를 기반으로 한 문화 예술이 눈길을 끌었다.

지금도 '이국적'이라는 말은 여행자를 끌어당기는 강력한 유혹이다. 나도 유럽인처럼 이집트에 대한 동경이 있었다. 《성경》의 〈출애굽기〉부터 현대의 SF 영화에 이르기까지 수많은 작품이 이집트를 배경으로 삼았으니

까. 카이로에 도착하자마자 '기자의 피라미드'부터 찾았
다. 황량한 사막 위에 거대한 쿠푸 왕의 피라미드가 서
있었다. 세계 7대 불가사의로 불리는 이 피라미드는 높
이가 137미터에 이른다. 2.5톤짜리 돌덩이 230만 개를
쌓아 올려 만들었다. 피라미드 앞에서 꼭대기를 올려
다보니 크기가 정말 엄청났다. 그런데 그뿐이었다. 별다
른 감흥이 없었다. 왜 이럴까? 그렇게 보고 싶었던 유적
인데……. 곰곰이 생각해보니 너무 익숙한 게 문제였다.
영화나 TV에서 100번도 넘게 보았으니 서울에 있는 웬
만한 건물보다도 자주 본 셈이었다. 이런 건축물이 세
상에 여럿 있다. 파리의 에펠 탑도, 런던의 빅 벤도, 로
마의 콜로세움도 그랬다. 실제로 보았을 때 기대와 달리
큰 감흥이 없었다. 너무 자주 본 바람에 신선함을 잃었
다 할까?

세상에서 가장 매력적인 볼거리는? 정답은 '아무 기대
안 했는데 놀라움을 선사하는 곳'이다. 난센스 퀴즈 같
지만, 나에게는 그렇다. 가이드북은 사진의 유무에 따라
두 종류로 나눌 수 있다. 볼거리 사진이 있는 것과 글로

쓴 설명만 있는 것. 각각 일장일단이 있다. 사진이 있으면 볼거리의 성격을 금세 파악할 수 있어 일정에 넣을지 말지 결정할 때 매우 유용하다. 대신 실제로 보았을 때 감흥이 크게 떨어진다. 이미 사진으로 보았으니까. 반대로 글로만 된 것은 볼거리에 대한 판단이 힘들다. '아름답다', '멋있다', '엄청나다'와 같은 표현은 피상적이어서 다른 볼거리와 어떤 차별점을 갖는지 파악하기 어렵다. 그래서 실제로 보았을 때 평가가 크게 엇갈린다. 기대에 훨씬 못 미치는 경우 실망도 크다. 반면, 눈이 번쩍 뜨일 정도의 놀라움을 맛보기도 한다.

남미 파타고니아를 여행할 때 피츠로이산을 보러 가야 할지 고민스러웠다. 안데스산맥을 따라 내려오며 설산은 질릴 만큼 보았기 때문이다. 글로만 된 가이드북으로는 좀처럼 판단이 서질 않았다. 산에 대한 표현은 보통 거기서 거기니까. 결국 사진 한 장 보지 못한 채 피츠로이 산행에 나섰다. 한참을 올라갔는데도 안개 탓에 아무것도 보이지 않았다. 다섯 시간을 걸어 전망대에 도착해서야 안개가 걷히며 피츠로이산이 모습을 드러냈다. 환상적이었다. 날카로운 암봉巖峰이 파란 하늘 아래

솟아 있었다. 이보다 수려한 봉우리는 일찍이 본 적이 없었다. 미리 사진을 보았다면 이런 놀라움은 느끼지 못했을 것이다. 이처럼 '미리 보는 행위'는 여행자를 딜레마에 빠뜨린다. 이제 선택의 순간이 왔다. 사진을 보고 실패할 확률을 줄일 것인가, 사진을 보지 않고 감흥을 살릴 것인가?

*

견문은 인식의 지평을 넓히기 위한 여행이다. 여행 자체보다는 '무언가를 배운다'는 목표가 우선이다. 시간과 돈을 들인 만큼 최대한 많은 것을 배워 가야 성공이다. 이런 결심으로 외국 땅에 첫발을 내디딘다. 처음에는 무엇을 보든 흥미롭고 신기하다. 주변의 모든 것을 쫙쫙 빨아들인다. 바짝 마른 스펀지에 물을 부었을 때처럼. 하지만 여행이 지속될수록 흡수력이 떨어진다. 퉁퉁 불어버린 스펀지는 더 이상 물을 빨아들일 수 없다. 일명 '여행 매너리즘'이다. 특히 장기 여행자에게 이런 현상이 두드러진다. 이제는 뭘 봐도 심드렁하다. 몸이 축 늘어지며 꼼짝도 하기 싫다. 여행이 일상이 되고, 일상은 다시 지루하다. 여행 매너리즘은 머릿속에 너무 많은 것을 집어넣어 생긴 부작용이다. 따라서 치료법은 딱 한 가지다. 스펀지의 물을 빼고 말리는 것.

여행 기간이 길다고 학습 효과가 높은 것도 아니다. 마르셀 프루스트Marcel Proust는 말했다.

"진정한 발견에 이르는 여정은 새로운 풍경을 보는 게 아니라 새로운 눈으로 볼 때 이루어진다."

대상을 바라본 채로 새로운 눈은 떠질 수 없다. 잠시나마 눈을 감고 머릿속을 비워야 한다. 그러면 예전에 보이지 않던 것들이 눈에 들어오기 시작한다. 지인 D는 일본 도쿄를 자주 방문한다. 오래 머물지는 않는다. 보통 이삼일 정도다. 왜 그렇게 도쿄만 가느냐고 물었더니 갈 때마다 새롭단다. 스펀지를 적셨다 말렸다 하며 첫 물만 맛보는 셈이랄까? 나도 앞으로 짧은 여행을 자주 다니려 한다. 한번에 다 보려 욕심내지 않으면서. 잠시 머물다 떠나기를 반복하면서. 매번 첫 물의 신선함을 맛보면서.

오늘을 여행처럼　　　　　일상여행

몽골 초원에 사는 유목민의 집을 방문했다. 집이라고 했지만, 우리가 아는 집은 아니다. 유목민은 이동식 천막인 '게르'에 산다. 집 안에는 별다른 가구가 없었다. 탱화를 모셔 놓은 불단, 마유주 항아리가 놓인 탁자, 등받이가 없는 의자가 전부였다. 도시민이 좋아하는 장롱이나 소파 같은 건 꿈도 못 꾼다. 말에 싣고 다닐 수 없기 때문이다. 유목민의 삶은 철저하게 이동에 초점이 맞추어져 있다. 그래서 유목민을 방랑자로 여기곤 한다. 하지만 그들은 방랑하는 게 아니다. 떠났다가도 일정한 시기가 되면 되돌아온다. 갈 곳도 이미 정해져 있다. 가축이 먹을 풀이 남아 있는 목초지다. 1년 단위로 일정한 지역 안을 순회하며 산다. 이처럼 유목민은 자연의 순환에 따라 움직인다. 그들이 떠나는 이유는 초원에 풀이 자랄 시간을 주기 위해서다. 자연이 풀을 키워 놓으면 다시 그 자리로 돌아온다. 항상 이동하지만 떠나지 않는 자들, 그들이 바로 유목민이다.

이런 자연의 순환에서 멀어진 이들이 있다. 현대인의 대다수를 차지하는 도시민이다. 사계절의 변화는 도시민에게 별다른 영향을 미치지 못한다. 그저 옷차림이 바뀔 뿐이다. 요즘은 냉난방 기기가 발달해 계절에 따른 옷차림마저 왜곡된다. 여름에는 에어컨이 추워서 긴소매를, 겨울에는 히터가 더워서 반소매를 입곤 한다. 또한 도시민은 밤낮의 의미를 잊어버렸다. 해가 뜨기 전에 사무실로 갔다가 해가 지고 나서 집에 온다. 해가 아니라 업무 시간에 맞추어 하루를 산다. 도시민도 매일 집과 일터를 오가지만, 자연의 순환과는 무관하다. 쳇바퀴 속의 다람쥐처럼 제자리를 맴돌 뿐이다. 항상 이동하지만 떠나지 못하는 자들, 그들이 바로 도시민이다.

자연은 한곳에 머무는 삶을 허락하지 않는다. 계절 따라 조건 따라 끊임없이 이동할 것을 요구한다. 정착민이 아니라 유목민이 되라고 명령한다. 핵심은 이동이 '미래를 위한 준비'라는 점이다. 유목민이 떠나지 않으면 초원의 풀은 자랄 수 없다. 유목민이 자리를 비워 주어야 대지가 새 풀을 키워낼 수 있다. 사람도 마찬가지다. 숨 돌릴 틈을 주지 않으면 창조의 싹은 돋지 않는다. 나는 글이 막힐 때면 무작정 집을 나선다. 가급적 스마트폰은 가져가지 않는다. 급한 연락이란 대부분 일거리와 관련된 것이다. 일상에서 벗어나 숨 돌릴 틈을 가지려고 나선 길이다. 그런데 일거리의 끈을 허리에 매고 다녀서야 의미가 없다. 장소는 그때마다 다르다. 탁 트인 곳이면 어디든 상관없다. 멍하니 풍경을 바라본 채 아무 생각도 하지 않는다. 책도 읽지 않고 음악도 듣지 않는다. 초원의 풀을 키우기 위해 인공 비료를 뿌릴 필요는 없다. 자연이 주는 비와 바람으로 족하다. 그러면 텅 빈 머릿속에서 소리가 들려오기 시작한다. 서서히 풀이 자라는 소리가.

*

여행을 떠나면 아이디어가 샘솟는다. 특히 기차 같은 교통편을 타고 이동할 때 더욱 그렇다. 이런 현상을 알

랭 드 보통Alain de Botton은 이렇게 설명했다.

"우리 눈앞에 보이는 것과 우리 머릿속에서 떠오르는 생각 사이에는 기묘하다고 말할 수 있는 상관관계가 있다. 때때로 큰 생각은 큰 광경을 요구하고, 새로운 생각은 새로운 장소를 요구한다. 다른 경우라면 멈칫거리기 일쑤인 내적인 사유도 흘러가는 풍경의 도움을 받으면 술술 진행되어 나간다."

하지만 현대인은 바쁘다. 여행하며 사색하고 싶어도 짬을 낼 수 없다. 이럴 때 좋은 대안이 있다. 바로 '산책' 이다.

세상에는 유명한 산책로가 많다. 가장 대표적인 곳이 독일 하이델베르크에 있는 '철학자의 길'이다. 헤겔, 야스퍼스, 하이데거 같은 철학자들이 걸으며 사색했던 길이란다. 산 중턱에 난 산책로는 네카어강을 따라 이어진다. 강 건너에는 붉은 돌로 쌓아 올린 하이델베르크 성과 구시가가 펼쳐진다. 흔히 사람들은 철학이 어렵다고 말한다. 그런 철학을 짜낸 이들은 얼마나 골치가 아팠을까? 비좁은 서재에 틀어박혀 풀리지 않는 명제를 끌어안고 끙끙 앓았을 테다. 결국 버티다 못해 펜을 내려놓고 강 건너 산책로로 향한다. 흘러가는 강물을 바라보며 걷노라면 막혔던 물꼬가 자연스레 트였다. 그래서 장자크 루소Jean Jacques Rousseau는 말했다.

"나는 길을 걸을 때만 명상에 잠길 수 있다. 걸음을 멈추면 생각도 멈춘다. 나의 마음은 언제나 나의 다리와 함께 작동한다."

일본 교토에는 '철학의 길'이 있다. 긴카쿠지에서 에이칸도까지 이어진 약 2킬로미터의 산책로다. 철학자 니시다 기타로西田幾多郎가 이 길에서 사색을 즐겨 이런 이름이 붙었단다. 사실 이 산책로에는 사색을 방해하는 훼방꾼이 있다. 특히 봄과 가을이 문제다. 작은 운하를 따라 봄이면 벚꽃이 만발하고, 가을이면 단풍이 물든다. 아름다운 풍경에 자꾸 눈길을 빼앗겨 사색이 툭툭 끊어진다. 그러니 이 길은 철학보다는 문학에 어울린다. 자연의 아름다움을 찬미하는 시가 저절로 입가에 맴도니까. 철학의 길 끝에 자리한 에이칸도는 불교 사찰이다. 경내에는 사방이 법당으로 둘러싸인 작은 정원이 있다. 툇마루에 앉아 정원을 바라보노라면 한 줄기 바람을 타고 풍경 소리가 들려온다. 문득 책에서 본 선불교의 공안公

※이 머리를 스친다.

"그는 길에 있다, 집을 떠나지 않은 채로. 그는 집에 있다, 길에서 떠나지 않은 채로."

산책은 사색을 넘어 특별한 결과물을 내놓기도 한다. 헤르만 헤세는 43세에 홀로 스위스 남부 몬타뇰라에 정착했다. 알프스의 올망졸망한 산들이 루가노 호수를 둘러싸고 있는 곳이다. 헤세는 낡은 저택의 방 하나를 빌려 주변을 산책하고 다녔다. 배낭에는 항상 그림 도구와 적포도주 한 병이 들어 있었다. 몬타뇰라는 이탈리아와 가까운 지역으로, 지중해성 기후의 영향이 강하다. 따뜻한 주변 풍경을 묘사하려면 알록달록한 물감이 필요했다. 헤세는 이렇게 말했다.

"그림 그리기는 환상적이다. 사람을 더 행복하게 만들고 인내심을 길러준다. 글을 쓰고 나면 손가락이 검게 변하지만, 그림을 그리고 나면 붉고 파랗게 물든다."

산책의 결과물이 이보다 낭만적일 수 있을까?

*

종종 국내여행을 떠난다. 길면 이삼일, 짧으면 당일치

기도 좋다. 되도록 차는 운전하지 않는다. 운전을 하면 길 위의 풍경을 음미할 수 없다. 대신 시간이 넉넉해야 한다. 도시를 벗어나면 대중교통의 편수가 확 줄어든다. 하루 종일 버스 몇 대 지나지 않는 곳이 허다하다. 길가 정류장에 앉아 하염없이 버스를 기다린다. 처음에는 너무 한적해 무서울 정도다. 하지만 시간이 갈수록 귓가가 간지럽다. 바람이 불고, 풀이 눕고, 새가 운다. 도시에서 듣지 못했던 소리들이 넘실댄다. 시간이 촉박해서는 맛볼 수 없는 경험이다. 바쁜 사람에게 기다림은 짜증일 뿐이니까. 느긋한 사람만이 누릴 수 있는 특권이랄까?

이동할 때는 기차를 애용한다. 특히 여기저기 기웃거리는 무궁화호를 좋아한다. 요즘은 동해 바다에 가려면 보통 고속버스나 KTX를 이용한다. 길이 잘 닦여서 두 시간이면 바다에 닿지만, 직선 주로와 터널의 반복이라 따분하다. 무궁화호로 가려면 청량리에서 출발해 다섯 시간가량 걸린다. 태백산맥을 넘어야 해서 뼁 돌아가기 때문이다. 북한강 지류를 따라가던 열차가 어느새 산속을 굽이굽이 누빈다. '이런 곳에도 마을이 있구나' 싶을 정도로 깊은 산골이다. 작은 간이역에 설 때마다 내리

고 싶은 충동을 느낀다. 이곳에서 보내는 하룻밤은 어떨까? 무궁화호는 시간도 오래 걸리지만, 객차도 낡고 지저분하다. 가끔은 화장실에서 지린내가 풍겨 와 인상을 찌푸리게 한다. 하지만 이런 열악함이 마냥 싫지만은 않다. 인도와 이집트 등지에서 탔던 낡은 열차들이 지린내를 타고 머릿속을 달려온다. 달콤씁쓸했던 추억을 떠올려주는 촉매제인 셈이다. 이런 냄새마저 그립다면 치료 불가능한 여행 중독자가 아닐까?

여행지에서 숙소는 게스트하우스를 잡는다. 혼자 온 여행자들이 모여들기 때문이다. 저녁이 되면 대화가 지나온 여행길로 흐른다. 울고 웃던 이야기들이 사방에서 쏟아져 나온다. 미지의 세계에 대한 호기심이 피어난다. 가슴속으로 여행을 향한 열풍이 훅 불어온다. 이것만으로도 잠들어 있던 여행 본능이 확 살아난다. 여행은 전염병이다. 누군가 걸리면 주변에 금세 바이러스가 퍼진다. 여행자들은 게스트하우스에서 바이러스를 주고받을 파티를 연다. 나도 잔뜩 지니고 참여한다. 여행병을 옮기고 여행병에 옮기 위해서.

여행에서 돌아올 때면 항상 싱숭생숭하다. 특히 기차

역이나 버스 터미널에서 심하다. 이런 곳은 여행의 시작과 끝이 맞닿아 있다. 한 공간에서 출발과 도착이 쉴 새 없이 교차한다. 예전에는 떠나는 사람은 행복하고 돌아온 사람은 불행하다고 생각했다. 또다시 바쁜 일상 속으로 복귀해야 하니까. 하지만 돌아오지 않고 떠날 수 있는 사람은 없다. 그리고 일상이 길고 힘들수록 떠남은 달고 강렬하다. 그러니 돌아온 사람을 불쌍히 여길 필요는 없다. 그저 축복을 빌 뿐이다. 부디 인고의 세월을 견디고 다시 떠날 수 있기를.

가끔은 여행을 가고 싶어도 짬을 못 낼 때가 있다. 이럴 때는 평소 가보고 싶었던 장소를 다룬 책을 손에 든다. 일종의 대리 만족이랄까? '독만권서 행만리로讀萬券書 行萬里路'라는 말이 있다. '만 권의 책을 읽고, 만 리 길을 여행하라'는 뜻이다. 독서는 가상의 세계로 떠나는 여행이다. 몸은 집에 있지만, 정신은 작가들이 빚어 놓은 세상을 탐험한다. 그러니 여행을 대체할 방법으로 독서만 한 것이 없다. 책을 읽으며 새로운 여행에 대한 영감을 얻기도 한다. 물론 가장 좋은 방법은 따로 있다. 배낭 안에 책 한 권 챙겨 넣고 집을 나서는 것이다. 최고의 조합은 길 위에서 책을 읽는 것일 테니까.

*

지도를 보며 목적지를 찾아갈 때 가장 먼저 파악해야 할 것은? 내가 지금 서 있는 곳, 즉 '현 위치'다. 현 위치를 알아야 어느 방향으로 갈지 결정할 수 있다. 내가 어디 있느냐에 따라 모든 것이 달라지는 셈이다. 들뢰즈와 가타리는 '배치agencement'라는 개념을 제시했다. 여기 야구공이 한 개 있다. 야구공 자체는 아무 의미가 없다. 야구공이 의미를 지니려면 특정한 자리에 배치되어야 한다. 투수가 던진 공이 타자 앞의 네모난 영역을 지나갔다. 이게 뭘까? 스트라이크다. 네모난 영역을 벗어나면? 볼이다. 만약 공이 너무 벗어나서 타자에게 맞았다면? 데드볼이다. 네모난 영역을 통과했지만 타자가 공을 쳐서 관중석까지 날려 보냈다면? 홈런이다. 이런 식으로 야구공은 어디에 배치되느냐에 따라 의미가 전혀 달라진다.

사람도 마찬가지다. 여기 한 여성이 있다. 직장에 가면 회사원이고 집에 있으면 주부다. 시댁에 가면 며느리고 친정에 오면 딸이다. 똑같은 사람인데, 어디에 배치되느냐에 따라 입장이 달라진다. 여행을 가면 입장의 변화는 더욱 극적으로 나타난다. 한국에 있으면 내국인이고 해외에 나가면 외국인이다. 도시에 머물면 관광객이고 자연에 나가면 탐험가다. 산에서는 등산객이고 바다에서는 다이버다. 버스를 타면 승객이고 두 발로 걸으면 트레커다. 이처럼 여행을 하면 시시각각 배치의 변화를 경험한다. 게다가 배치가 변하면 입장이 바뀌고, 입장이 바뀌면 풍경이 달라진다. 야구공이 포수 미트에 들어가 있을 때와 관중석을 향해 날아갈 때 보이는 것이 같을 리 없으니까.

여행자는 움직이는 공과 같다. 계속 이동하며 세상을 관찰한다. 여행자의 눈에 보이는 세상은 눈부실 정도로 다채롭다. 집에 앉아 TV로 세상을 구경하는 것과는 차원이 다르다. 당연하다. 움직임이 나를 둘러싼 모든 것을 끊임없이 변화시키니까. 이런 효과는 여행을 마치고 돌아와도 한동안 유지된다. 여행자의 몸에 움직임의 관성이 남아 있기 때문이다. 그 관성이 평생 살아온 도시와 사회를 낯설게 한다. 당연한 줄 알았던 일상을 어색하게 만든다. '낯설게 보기'는 의식적으로 달리 보려 노력한다 해서 얻어질 수 있는 것이 아니다. 계속 움직이는 가운데 자연스레 '낯섦'이 피어난다. '움직이는 자에게 모든 것은 낯설다.' 여행자가 잊어선 안 될 최고의 덕목이다.

기억이여 사라지지 말아라

추억

....

　　　해외여행을 가기 위해 공항에 도착했다.
문득 뭔가 챙기지 않았다는 불길한 예감이 든다. 허겁지
겁 가방을 뒤진다. 분명 넣은 것 같은데 없다. 정신이 아
득해진다. 이게 없으면 비행기에 오를 수조차 없다. 이
물건의 정체는? 바로 '여권'이다. 한국을 떠날 때 여권은
필수품이다. 국경을 통과해 외국으로 들어갈 통행증이
기 때문이다. 그래서 여권에는 내가 어느 나라를 방문했
는지 흔적이 남는다. 입출국 날짜와 함께 도장이 쾅 찍
혀 있다. 때로는 도장을 안 찍어준다고 아쉬워하기도 한
다. 예를 들어, 유럽이 EU로 통합된 후 국경을 넘어도
도장을 찍어주지 않는다. EU 안의 수십 개 나라를 돌아
다녀도 도장은 달랑 들어올 때와 나갈 때 두 개뿐이다.

그러니 도장 수집가 입장에서는 군소리가 나올밖에. 제발 도장 하나 찍어달라고 부탁하고 싶은 마음이랄까?

에콰도르에서 가방을 도둑맞았을 때 여권도 잃어버렸다. 여행을 계속하려면 여권부터 만들어야 했다. 사진관에서 찍은 증명사진을 보니 내 모습이 생경했다. 덥수룩한 머리에 까만 피부, 부르튼 입술 주변에 난 짧은 콧수염. 길 위에서 풍상을 겪은 여행자 티가 났다. 예전 여권 사진은 반듯했었다. 말끔하게 넘긴 머리에 와이셔츠를 입은 전형적인 회사원이었다. 한국 대사관에 사진과 서류를 넘기니 재발급까지 3주가 걸린단다. 한국에서 만든 여권을 국제우편으로 받는다나. 여권이 나를 만나러 지구 반대편까지 날아와야 하는 거군. 하는 수 없이 에콰도르에 발이 묶였다. 그제야 실감했다. 여권이 여행자의 생사여탈권이라는 것을.

마침내 새 여권이 도착했다. 안에는 백지만 가득했다. 아, 남미에서 받은 도장들이 날아가고 없다. 지금 옛 여권은 어떻게 되었을까? 쓰레기통에 처박혀 있을까, 아니면 누군가의 사진을 달고 세상을 떠돌고 있을까? 짐을 꾸려 콜롬비아행 버스에 몸을 실었다. 어서 빨리 에콰도르를 벗어나고 싶었다. 악몽 같은 도난 사건을 잊기 위해서라도. 국경에 도착해 심사대에 여권을 내밀었다. 심사관이 여권을 한참 주물럭거리더니 옆 사람과 귓속말을 나눈다. 뭔가 심상치 않다. 결국 나를 후미진 곳으로 끌고 가더니 에콰도르 입국 도장이 없다며 곤란하단다. 여권을 잃어버려 새로 받았다고 말했지만 소용없었다. 통과시켜줄 테니 10달러를 내란다. 화가 났다. 에콰도르에서 도둑을 맞더니 이제는 돈까지 뜯기게 생겼다. 하지만 일을 키우고 싶지 않았다. 10달러면 큰돈도 아니었다. 그런데도 내 입에서 5달러로 깎자는 말이 튀어나왔다. 녀석들도 군말 없이 그러잖다. 그렇게 에콰도르를 탈출했다.

내 여권에는 비정상적인 기록이 하나 남아 있다. 에콰도르는 입국은 없이 출국 도장만 찍혀 있다. 마치 밀입국자처럼. 그 도장을 볼 때마다 소심하게 돈을 요구하던 녀석들이 떠오른다. 그걸 또 반으로 깎던 내 지질한 모습에 쓴웃음도 나고. 여행자는 가끔씩 여권을 넘기며 다녀온 나라들을 추적한다. 도장들은 지난 여행을 떠올리는 단초가 된다. 그래서 여행자는 여권에 애착을 갖는다. 방문한 나라에서 공식적으로 인정한 나만의 여행 기록이기에.

*

세상에서 가장 유명한 여행기는 뭘까? 마르코 폴로의 《동방견문록》이 아닐까 싶다. 1271년 16세 소년이던 폴로는 무역상인 아버지를 따라 여행길에 나섰다. 실크로드를 따라 중앙아시아를 통과해 중국에 도착했다. 파미르고원과 고비 사막을 횡단하는 모험의 연속이었다. 황제의 총애를 받은 폴로는 17년 동안 중국에 머물다가 고향인 베네치아로 돌아왔다. 《동방견문록》의 원 제목은 '세계의 기술The Description of the World'이다. 실제로 읽어보면 여행기라기보다는 방문한 지역을 소개한 지리지에 가깝다. 폴로가 이 책을 쓴 목적은 미지의 세계였던 동양의 진면목을 알리기 위해서였다. 실제로 큰 효과가 있었다. 콜럼버스 같은 탐험가들이 이 책에서 영감을 얻어 지리상의 발견에 나섰다. 그렇다고 모든 사람이 《동방견문록》을 믿은 건 아니다. 베네치아 사람들은 폴로에게 '백만百萬'이란 별명을 붙여주었다. 그가 동방에 대해 이야기할 때마다 백만 운운하며 엄청난 숫자를 언급한 까닭이다. 폴로가 허풍쟁이 취급을 받은 것은 자신의 탓도 크다. 구두장이의 기도로 바그다드의 산이 움직였다는 둥 믿을 수 없는 이야기를 늘어놓았으니까.

13세기에 살았던 폴로는 엄청난 허풍을 떨 수 있었다. 머나먼 동양까지 다녀온 사람이 거의 없었기 때문이다. 하지만 현대의 여행자는 더 이상 허풍을 떨 수 없다. 인터넷에 세상 곳곳의 사진과 정보가 넘쳐난다. 잠깐만 검색해도 허풍이 곧바로 까발려진다. 그래서일까? 요즘은 허풍보다는 허세가 대세다. SNS를 이용해 자신의 여행을 자랑하는 이들이 많아졌다. 자랑하려면 약간의 연출과 조작은 필수다. 여행이 즐겁고 아름답게 포장되어야 효과가 극대화되는 까닭이다. 이런 점에서 본다면 폴로의 허풍도 이해가 간다. 목숨 걸고 중국까지 다녀왔는데 사람들이 알아주었으면 싶었을 것이다. 정말 대단하다는 말을 들으면 어깨도 으쓱했을 테고. 사실 여행을 미화하고 부풀리는 건 여행자의 고질병이다. 여행자끼리 만나면 자기 여행의 대단함을 자랑하느라 여념이 없을 정도다.

그렇다고 SNS가 연출과 조작으로 얼룩진 쇼만은 아니다. 예전에는 여행지에서 느낀 감상을 펜으로 노트에 적었다. 하루 일정을 마치고 숙소로 돌아와 졸린 눈을 비비며 써 내려갔다. 그러다 너무 피곤하면 며칠씩 건너뛰기도 했고. 그런데 요즘은 감상을 느낀 그 자리에서 바로 SNS에 올린다. 순간의 감흥이 사라지기 전에 포착해 기록하는 셈이다. 예전의 기록이 일기와 사진으로 분리되어 남겨졌다면, 요즘은 SNS를 통해 생성 단계부터 결합된다. 때로는 동영상 기능을 활용해 행동과 소리까지 담아낸다. '지금, 여기'라는 현재성을 극대화하는 방법이다. SNS는 한국에 돌아와 여행기를 쓸 때도 기억과 감흥을 되살리는 데 중요한 역할을 한다. 시간이라는 왜곡과 미화의 파도에 맞서 생생한 현장감을 유지해주기 때문이다.

*

사진은 여행을 기억하기에 가장 간편한 방법이다. 과거의 장면을 눈으로 본 그대로 간직해준다. 사진에 담긴 모든 순간이 소중하지만, 특히 애잔한 기억들이 있다.

이제는 더 이상 만나거나 갈 수 없는 경우다. 시리아 하마는 세계에서 가장 오래된 물레방아를 자랑한다. 17개의 물레방아가 도심을 흐르는 오론테스강의 물을 퍼 올린다. 지름이 20미터에 달하는 물레방아가 끽끽 소리를 내며 돌아가는 모습이 장관이었다. 해 질 녘 강변을 거닐다 유모차를 끌고 오는 젊은 여인을 만났다. 유모차 안에는 한 살쯤 되어 보이는 남자아이가 타고 있었다. 하얗고 포동포동한 살집에 땀에 절어 달라붙은 금발 머리. 동그랗게 뜬 파란 눈으로 나를 쳐다보던 아이의 이름은 '지브릴'이었다. 남편이 퇴근하길 기다리며 강변을 산책하고 있다는 모자의 모습이 너무나 평화로웠다.

2011년 시리아에서 민중 봉기가 일어났다는 소식이 들려왔다. 중동을 휩쓸고 있던 재스민 혁명의 바람이 시리아에도 불어온 것이었다. 시리아가 아사드 정권의 오랜 독재를 청산하고 민주화를 이룩하기를 내심 바랐다. 하지만 정부군이 반정부 세력의 거점인 하마에 폭격을 가했다는 뉴스가 전해졌다. 폭격으로 사상자가 속출하고, 시가지는 불타올랐다. 시민들이 폭격과 학살을 피해 하마를 탈출하기 시작했다. 문득 지브릴의 얼굴이 떠올랐다. 이제 한창 뛰어다닐 나이인데 무사한 걸까? 피난민 행렬에 끼어 사선을 넘고 있을까? 엄마 손을 놓치고 혼자가 된 건 아닐까?

내전은 이슬람 수니파 무장 단체인 IS가 끼어들면서 더욱 복잡하게 전개되었다. IS가 하마 남쪽 팔미라를 점령하자 고대 유적이 위기를 맞았다. 팔미라는 페르시아와 로마의 문화가 융합된 유적들로 유명한 오아시스 도시다. 팔미라에 갔을 때 사막 위에 세워진 열주와 건축물의 아름다움에 흠뻑 빠졌다. 그런데 이슬람 원리주의를 표방하는 IS가 팔미라 유적을 타 종교의 흔적이라며 파괴하기 시작했다. 하늘 높이 솟은 테트라필론 기념문이 무너졌다. 로마인이 만든 원형 극장도 부서졌다. 나이를 2천 년이나 먹은 사자상도 폭파되었다. 그렇게 내 기억 속에서 찬란히 빛나던 유적들이 하나씩 사라져갔다.

추억이 담긴 여행지를 파괴하는 건 전쟁뿐만이 아니다. 일상을 살아가는 우리도 여행지를 사라지게 만들고 있다. '온난화 현상'을 만들면서.

팔라우에는 '젤리피시 레이크'라는 독특한 볼거리가

있다. 오랜 옛날 바다와 단절된 호수 안에 수백만 마리의 해파리가 살고 있다. 스노클을 착용하고 해파리 호수에 뛰어들었다. 햇살을 받은 해파리들이 투명하게 빛났다. 작고 통통한 몸으로 물속을 둥둥 떠다녔다. 일반 해파리와 달리 이 녀석들은 독이 없다. 손으로 만지니 젤리처럼 뭉클뭉클하다. 다치지 않도록 조심하면서 녀석들과 함께 헤엄쳤다. 팔라우에서만 맛볼 수 있는 놀라운 경험이었다.

그런데 몇 년 전 안타까운 소식을 접했다. 강력한 엘니뇨 현상으로 팔라우에 극심한 가뭄이 들면서 해파리들이 집단 폐사했단다. 호수에 유입되는 빗물의 양이 줄면서 급격하게 염도가 올라간 탓이었다. 지금은 해파리의 개체 수가 복원될 때까지 입장이 금지된 상태다. 언제 다시 녀석들과 헤엄칠 수 있을지 모르겠다. 멀리 떨어져 있지만, 나 또한 녀석들의 죽음에 책임이 있다. 내가 부추긴 온난화 현상이 일으킨 참사니까. 우리는 자연을 곁에 두고 영원히 볼 수 있다고 생각한다. 하지만 현대 자본주의는 지구를 급격히 변화시키고 있다. 짧게는 몇 년 만에 내가 본 풍경이 사라지기도 한다. 이대로 가

면 지구의 아름다움을 빛바랜 사진으로만 봐야 하는 날
이 올지도 모른다.

*

여행의 마무리는 역시 '기념품 쇼핑'이다. 한국으로
돌아오는 공항에서도 쇼핑의 끈은 놓지 않는다. 물론 주
머니에 남은 외화를 처리할 목적도 있지만. 나도 자주
기념품을 사 오곤 한다. 여행지의 특징을 잘 드러낸 작
은 물건들로, 엽서·인형·장식품 따위다. 때로는 조개껍
데기나 돌맹이를 주워 오기도 한다. 남들이 보면 별것
아니지만, 내게는 의미가 깊다. 내가 좋아한 장소에서
직접 골라 온 것들이니까. 서가에 기념품을 쭉 늘어놓으
면 왠지 흐뭇하다. 아이가 잔뜩 쌓인 장난감을 보며 기
뻐하듯이. 그래서 파블로 네루다Pablo Neruda가 이렇게 말
했나 보다.

"나는 집에다가 크고 작은 장난감을 많이 모아두었
다. 모두 내가 애지중지 여기는 수집품이다. 놀지 않는
아이는 아이가 아니다. 그러나 놀지 않은 어른은 자신
속에 살고 있는 아이를 영원히 잃어버리며, 끝내는 그

아이를 무척이나 그리워하게 된다."

중국 리장에서 좌판에 놓인 발 두 개를 발견했다. 구리로 만든 통통한 발이 너무 귀여웠다. 게다가 발 위에 한자로 글자가 새겨져 있었다. 한쪽에 '지족知足', 다른 쪽에 '상락常樂', '족한 줄 알면 항상 즐겁다'란 의미다. 좋은 뜻까지 적힌 물건이 정말 마음에 들었다. 하지만 티를 내면 안 된다. 중국은 여행자에게 바가지를 씌우기로 유명하니까. 가격을 물어보니 200위안이란다. 반으로 딱 잘라 100위안에 달라고 했다. 안 된단다. 이때부터 상인과 나의 힘겨루기가 시작되었다. 너무 비싸다며 발길을 돌리니 곧바로 150위안에 주겠단다. 이때 멈추면 안 된다. 미련을 보이면 지는 거다. 고개를 저으며 몇 걸음 더 나갔다. 그러자 뒤에서 다급하게 "하오(좋아), 100위안!"이라는 소리가 들렸다. 흥정에서 이긴 나는 의기양양하게 물건을 받아 들었다.

한국에 돌아와 발을 살펴보니 '지족상락' 옆에 부연 설명이 쓰여 있었다. '지족자상락, 부지족자상……知足者常樂, 不知足者常……. 족한 줄 아는 자는 항상 즐겁고, 족한 줄 모르는 자는 항상…….' 표면이 닳아서 마지막 한 글자를 읽을 수 없었다. 족한 줄 모르면 어떻게 되는지 궁금했다. 검색해보니 《명심보감》에 나오는 문구였다. 지워진 글자는 '우憂'였다. '족한 줄 모르는 자는 항상 근심한다'라는 의미다. 갑자기 부끄러웠다. 리장에 갔을 때 여행이 계획대로 되지 않았다. 위룽쉐산을 바라보며 걷는 후탸오샤虎跳峽 트레킹을 기대했건만, 날씨가 따라주지 않았다. 여행하는 내내 트레킹을 못 하고 갈까 봐 노심초사했다. 밥 먹을 때도 대화할 때도 하늘만 쳐다보았다. 기와집이 넘실대는 리장의 풍경도 눈에 들어오지 않았다. 현재에 만족할 줄 모르고 근심에 빠져 있던 셈이다. 나야말로 족한 줄 모르는 어리석은 자였다. 지족상락 발 두 개는 지금도 내 책상 위에 놓여 있다. 가끔씩 발을 쓰다듬는다. 욕심이 뭉게뭉게 피어오를 때마다.

여행 다녀와서 뭐가 달라졌어요?

멕시코에 머물며 2년 동안 세상을 떠돌다 한국에 돌아왔다. 오랜만에 만난 지인들이 이구동성으로 물었다. 여행을 다녀와서 뭐가 달라졌냐고. 그럴 때마다 씩 웃고 말았다. 무슨 비밀이 있어서가 아니었다. 할 말이 없었다. 달라진 건 분명한데, 콕 짚어 말로 설명할 수 없었다. 도대체 뭐가 달라진 걸까?

오래 고향을 떠나 있으면 문득 이런 생각이 들곤 한다. '고향이 사라져버린 건 아닐까' 하는. 이런 걱정이 기우만은 아니다. 스타인벡은 작가로 성공한 후 줄곧 뉴욕 같은 대도시에서 살다 노년이 되어서야 오랜만에 고향 땅인 캘리포니아에 들렀다. 어릴 적 친구들과 수다를 떨며 즐거웠지만, 곧 깨달았다. 고향은 이미 세월 속으로 사라져버렸다는 걸.

"고향을 떠났을 때 나는 죽은 것이다. 따라서 나는 그때의 모습대로 고정이 되어 전혀 달라질 수 없는 사람이 되어버렸다. (…) 토머스 울프Thomas Wolfe의 말이 옳았다. 고향에는 다시 돌아갈 수 없는 법이다."

고향은 첫사랑과 같다. 영원히 달콤하게 기억되지만 돌이킬 수는 없다. 추억 속에 간직한 채 곱씹을 수 있을 뿐이다. 어쩌면 고향에는 돌아가지 않는 편이 좋을지도 모른다. 젊음을 잃어버린 옛사랑을 만나는 것과 같으니까. 첫사랑은 그리워하며 살 때 아름다우니까.

나는 서울에서 나고 자란 '서울 토박이'다. 군대 생활과 어학연수를 빼곤 고향을 떠나 산 적이 없다. 도시의 삶에 익숙한 내게 문명의 이기利器는 당연한 것이었다. 백화점, 영화관, 레스토랑 같은 시설을 마음껏 향유했다. 지하철과 버스 같은 대중교통의 편리함을 누렸다. 해외여행을 나가서도 마찬가지였다. 런던, 파리, 뉴욕, 홍콩 같은 대도시가 편했다. 인종과 언어는 다르지만, 라이프 스타일은 서울과 비슷했다. 며칠만 머물면 금세 익숙해졌다. 하지만 남미로 여행을 갔을 때 깨달았다. 세상에는 문명의 이기가 발붙이지 못한 곳이 아직 많다는 걸. 교통편이 부족해 택시 한 대에 열 명이 끼어 타고, 백화점은커녕 구멍가게도 변변치 않으며, 영화관은 평생 구경도 못 한 사람들이 있다는 걸. 이런 곳에 머물면 무척 힘들었다. 도시의 삶에 익숙한 몸이 반기를 들었다. 깨끗한 물을 달라며 설사를 일으키고, 씻게 해달라며 피부병을 일으키고, 차를 태워달라며 무릎 통증을 일으켰다. 어서 빨리 도시로 돌아가자고, 문명의 이기를 맛보자고 아우성쳤다.

한국으로 돌아오자 몸의 반항은 곧바로 수그러들었다. 언제 그런 일이 있었느냐는 듯 뻔뻔하게. 그런데 이상했다. 서울이 옛날 같지 않았다. 내가 이방인이 된 듯한 이질감. 지인들과의 왠지 모를 서먹함. 이유를 알 수 없는 복잡한 감정들이 밀려왔다. 왜 이럴까? 떠나 있었던 시간만큼 고향은 내게서 멀어진다. 겨우 2년의 세월이었지만, 서울도 그만큼 내게서 멀어져 있었다. 편하기만 했던 지하철과 버스가 힘들었다. 엄청난 인파와 매연에 숨이 막힐 것 같았다. 백화점에 진열된 수많은 물건이 버거웠다. 무엇을 골라야 할지 갈피를 잡을 수 없었다. 심지어 사람마저 어색했다. 지하철 맞은편에 앉은 사람들의 얼굴을 쳐다보며 생각했다. 한국인이 이렇게 생겼었던가? 왜 이리 심각하고 화난 표정일까? 서울이 어색해지자 나는 고민에 빠졌다. 이곳이 과연 내게 맞는 곳인지, 어쩌면 도시가 나를 길들여온 것은 아닌지. 마치 동물원에서 태어난 사자처럼. 사자는 초원의 동물들을 사냥하는 백수의 왕이다. 하지만 동물원에서는 사육사가 던져 주는 닭고기를 당연하게 여긴다. 동물원을 고향으로 여기기 때문이다. 도시와 다른 라이프스타일로 사는 세상을 경험하고 나서야 알았다. 고향이란 이름 탓에 서울을 당연히 내가 살아야 할 곳으로 여겨왔다는 걸……

사람은 고향을 선택할 수 없다. 태어나보니 이곳이 고향이었다. 때로는 고향을 잘못 타고나기도 한다. 고향이 나에게 맞지 않는 경우다. 가끔은 고향이 진절머리 나게 싫어지기도 한다. 이럴 때는 길 위로 나서야 한다. 세상 어딘가에서 새로운 고향을 발견하기 위해서. 어쩌면 발견하지 못한 채 되돌아올 수도 있다. 하지만 실망할 것 없다. 여행이 고향을 낯설게 만들어줄 테니까. 그 낯섦

이 나에게 맞는 삶의 방향을 보여줄 테니까.

멕시코에서 돌아올 무렵 예전 직장으로부터 메일을 받았다. 해외 업무로 복직할 의사가 있느냐는 내용이었다. 잠깐 고민했지만 거절했다. 나는 알고 있었다. 옛날로 돌아가는 건 불가능하다는 걸. 내 몸은 집으로 돌아가지만 영혼은 여전히 길 위에 있다는 걸. 한국에 돌아온 후 여행 작가의 길을 걷기로 결정했다. 오랜 방랑을 통해 책과 여행, 이 둘과 함께해야 행복하리라는 걸 깨달았기 때문이다. 하지만 암담했다. 출판사에서 일했지만 본격적으로 내 글을 써본 적은 없었다. 특별할 것 없는 내 여행을 책으로 내자며 모셔 갈 곳도 없었다. 방향을 알 수 없는 사막 위에 홀로 서 있는 기분이었다.

작가란 항상 맨땅에 헤딩하는 직업이다. 첫 책을 내기도 어렵지만, 책 한 권 냈다고 해서 다음 책이 보장되지도 않는다. 매번 책을 낼 때마다 원고를 출판사에 투고하고 거절당하기를 반복한다. 지금 쓰고 있는 원고가 과연 책으로 나올 수 있을까 하는 불안감, 몇 년에 걸쳐 준비한 원고가 세상에 나오지 못할 때의 좌절감, 생활비조차 충당할 수 없을 정도로 열악한 수입에 대한 허탈

감. 직장에 매여 꼬박꼬박 월급 받을 때와 또 다른 정신적 스트레스에 시달린다. 예전 직장에서는 갑갑한 마음에 위궤양에 걸렸는데, 작가 생활을 하면서 새로운 질환이 생겼다. 위산이 목으로 치솟아 오르는 역류성 식도염이다. 안 써지는 글을 억지로 짜낼 때면 피가 바싹 마르는 느낌이 든다. 납득할 수 있는 글이 나올 때까지 고치고 또 고쳐도 마음에 들지 않으면 자괴감마저 든다. 이럴 때마다 쓰디쓴 위산으로 입맛을 다셔야 하니 작가의 직업병인 셈이랄까?

고심 끝에 선택한 작가 생활이 몸을 해치는 상황이 벌어지자 당황스러웠다. 그래서 글쓰기 스타일을 바꾸기로 마음먹었다. 취미 생활 하듯 가벼운 마음으로 여행 계획부터 세우는 것이다. 우선 세계 지도를 펼쳐 놓고 가고 싶은 곳을 물색한다. 장소가 정해지면 책과 인터넷으로 정보를 수집한다. 항공권 가격과 주요 볼거리를 살핀 후 대략적인 여행 루트까지 짜면 1차 계획은 완료다. 다만 언제 갈지는 정하지 않는다. 사실 언제 갈 수 있을지 나도 모른다. 그저 제자리에서 날갯짓을 하며 시절인연이라는 순풍이 불어올 날을 기다릴 뿐이다. 가끔은 몇 년씩 바람이 불지 않아 세워 놓은 여행 계획이 누렇게 바래기도 한다. 하지만 나는 믿는다. 언젠가는 그곳에 나를 실어다 줄 바람이 불어오리라는 것을.

들뢰즈와 가타리는 '리좀rhizome'이라는 개념을 제안했다. 리좀은 일종의 '뿌리줄기'다. 나무는 한곳에 뿌리를 내리면 이동하지 못한다. 하지만 뿌리줄기는 다르다. 한곳에 뿌리를 내려 열매를 맺으면 그 열매에서 다시 뿌리가 뻗어 나간다. 어디로, 어디까지 뻗어 갈지는 알 수 없다. 한참 뻗다 보면 어디서 뻗어 왔는지도 알 수 없다. 뿌리내리는 '지금, 여기'가 중요할 뿐이다. 이렇게 이동하면서 만나는 것마다 가리지 않고 접속한다. 이질적인 것과의 접속은 매번 새로운 것을 창조한다. 무한한 접속과 창조의 가능성, 이것이 바로 리좀이다.

나는 리좀이 되기로 했다. 한곳에 머무르지 않고 끊임없이 뿌리를 뻗기로. 세상 모든 것에 접속하여 새로운 것을 창조하기로. 이렇게 말하면 1년 내내 여행만 다니는 삶을 상상할지도 모르겠다. 하지만 리좀은 물리적인 이동만을 의미하지는 않는다. 삶의 양태가 '이동이자 접속'이면 리좀이다. 말했듯이 나의 글쓰기는 '여행 계획 세우기'부터 시작된다. 평소에 준비해 놓았다가 때가 무르익으면 찾아간다. 그리고 여행의 결과물을 글로 써 낸다. 대부분의 시간을 서재에서 보냈지만, 그곳에 뿌리 뻗고 접속하고 열매 맺었다. 이 정도면 리좀적인 삶이 아닐까?

여행의 시대를 살아가는 수많은 현대인이 고민한다. 지금의 삶을 버리고 떠나야 할지 말아야 할지. 당장이라도 떠나고 싶지만, 남은 생이 두렵다. 그렇다고 일상에 머물자니 하루하루가 지옥 같다. 딜레마 속에서 질문은 계속된다. 떠날까 말까 떠날까 말까. 하지만 이 질문에는 함정이 있다. 한번 떠났다고 영원히 떠나는 것은 아니다. 결국은 어딘가에 머물게 되어 있다. 여행조차도 떠남과 머묾의 연속이다. 여행자는 일상을 떠나 새로운 관계망에 접속한다. 처음에는 신선하고 재미있지만, 금세 익숙해진다. 그렇게 여행은 또 다른 일상으로 변한다. 지루해진 여행자는 다시 새로운 관계망을 찾아 떠난다. 그러니 한 번 떠남으로 모든 것이 해결되리라는 생각은 착각이다.

니체는 말했다.

"사람은 짐승과 초인 사이를 잇는 밧줄, 심연 위에 걸쳐 있는 하나의 밧줄이다."

건너가는 것도, 멈추어 서는 것도 위험하다. 앞으로 나갈 수도, 뒤돌아갈 수도 없다. 영원히 도착하지 못한 채 밧줄 위를 떠돌아야 한다. 현대인도 마찬가지다. 떠남과 머묾 사이에 걸린 밧줄 위에 서 있다. 당장이라도 떨어질 듯 위태롭게 흔들리면서. 심지어 방랑의 상징과도 같은 유목민조차 떠나고 머물기를 반복한다. 다만 현대인과 달리 한쪽에 집착하지 않을 뿐이다. 그들은 때가 오면 떠나야 함을 알고 있다. 그래서 해체해 옮길 수 없는 집을 짓지 않는다. 말에 실을 수 없는 물건은 사들이지 않는다. 떠남과 머묾이라는 순환이 인간의 숙명임을 자각하고 일상을 여기에 맞춘다. 그래서 떠남도 머묾도 괴롭지 않다. 그들에게는 양쪽을 넘나드는 능력이 있기 때문이다.

현대인의 삶은 떠남과 머묾의 경계가 너무 뚜렷하다. 일상에서 벗어나면 여행이고, 여행에서 돌아오면 일상이다. 짧은 여행과 긴 일상이 끊임없이 반복된다. 여행에 대한 갈증은 계속되고, 삶은 여전히 지루하다. 악순환에서 벗어날 수 있는 방법은 단 하나, 일상을 여행처럼, 여행을 일상처럼 사는 것이다. 이를 위해서 여행자는 변신의 귀재가 되어야 한다. 여행은 정착민처럼, 일상은 유목민처럼 살아야 한다. 여행자는 떠나기만 하는 사람이 아니다. 떠남과 머묾 두 영역을 자유롭게 넘나들며 새로운 것을 부단히 창조해내는 사람이 진정한 여행자다.

이제 이 책과 함께 떠난 여행을 마칠 때가 되었다. 여행을 왜 떠나는지, 여행을 어떻게 할지, 여행에서 무엇을 얻을지에 대해 나름의 해답을 얻었을 테다. 그럼 다시 떠나자. 당신 앞에 새로운 여행이 기다리고 있다. 미지에 대한 두려움을 안고 집을 나설 때 부디 이것만 기억하자.

길을 믿어라. 계속 걸어라. 리듬을 타라.

그러면 길 위에서 만날 것이다. 놀랄 만큼 사랑스러워진 나를.